KB212887

절대
호위

護衛

문용신 新무협 판타지 소설

FANTASTIC ORIENTAL HEROES

절대호위 8

문용신 新무협 판타지 소설

초판 1쇄 찍은 날 § 2015년 9월 2일
초판 1쇄 펴낸 날 § 2015년 9월 10일

지은이 § 문용신
펴낸이 § 서경석

편집책임 § 한준만

펴낸곳 § 도서출판 청어람
등록번호 § 제1081-1-89호
등록일자 § 1999. 5. 31
어람번호 § 제2-2601호

주소 § 경기도 부천시 원미구 심곡2동 163-2 서경B/D 3F (우) 420-822
전화 § 032-656-4452 팩스 § 032-656-4453
http://www.chungeoram.com
E-mail § chungeorambook@daum.net

ISBN 979-11-04-90392-2 04810
ISBN 979-11-316-9156-4 (세트)

천룡

절대호위 護衛

8

문용신 新무협 판타지 소설

FANTASTIC ORIENTAL HEROES

도서출판 청어람

第一章

몰살의 현장

으, 봤을까? 봤겠지?

그래 봤을 거야. 두 눈 시퍼렇게 뜨고 뛰어든 인간이 못 봤을 리가 없잖아.

—짝궁댕이 공주 미기의 고민

"말이 지쳤어. 쉬어 가야겠어!"

미기가 오라고 한 진회 관부를 향해 말을 달리던 외수가 뒤따르는 비연을 돌아보곤 속도를 줄여 말에서 내렸다.

비연 역시 말에서 내리자 외수는 고삐를 쥔 채 천천히 걸으며 주위를 두리번거렸다. 근처 휴식을 취할 만한 곳이 있을까 싶어서였다.

하지만 객잔이나 인가는 보이지 않았다. 멀리 거친 산과 광활한 구릉만이 끝없이 펼쳐져 있을 뿐.

"곤란한걸."

마땅한 장소가 보이지 않자 난감하단 표정을 짓는 외수. 사방이 탁 트인 이런 곳에선 노숙이 힘든 탓이다. 더구나 비연의 경우 여자라 더 곤란한 환경이었다.

"꽤 걸어야 할 것 같은데."

외수의 말에 묵묵히 고개만 끄덕이고 따라 걷는 비연. 어쨌든 이 상태로 객잔이나 노숙할 만한 장소가 나타날 때까지 걷는 수밖에 없었다.

"얼마나 남은 거지?"

"이틀 정도!"

짧고 무뚝뚝한 비연의 대답에 외수가 그녀를 돌아보았다.

"넌 전국 대부분을 다녀봤겠군? 스승은 방물장수였고 너는 사냥꾼이었으니."

"거의 다 다녀봤지. 어떤 특정한 한 곳 빼곤."

"특정한 한 곳?"

끄덕.

"지금 너하고 가고 있는 곳이야."

"진회?"

"그곳이 사천과 감숙, 섬서의 경계에 있긴 해도 감숙으로 들어가는 땅이야. 사부에겐 금지된 땅이었고, 나도 애써 가지 않았던 땅!"

"감숙이라고?"

외수는 비연이 스승 구암에 대해 말했던 걸 기억했다. 사문의 무공보다 비도술에 더 관심을 둔다는 이유로 파문되었던 사람이라고.

대개 파문당해 추방된 제자는 사문 근처엔 얼씬도 못 하게 하는 법. 외수는 왠지 자신이 잘못한 것 같아 괜히 미안해졌다.

"그래, 감숙. 사부의 고향이 있는 곳이기도 하지. 그곳에서 태어나 무공을 시작했고 또 죽어서는 돌아가지 못한 인고의 땅!"

가슴이 저밀만도 하건만 무덤덤하게 말하는 비연.

"괜찮아? 나 때문에 가게 되었는데?"

"상관없어. 사부 대에서 끝난 일이 무슨 상관이야? 그냥 그동안은 기분 나빠 가지 않았던 것일 뿐."

외수는 잠시 말을 않고 걷다가 화제를 돌렸다.

"극월세가에서의 생활은 어때? 전국을 누비다 한곳에 박혀 있으려니 갑갑하지 않아?"

"아니. 불만 없어. 전혀."

강조까지 하는 비연의 대답. 외수는 다시 그녀를 슬그머니 돌아보았다.

외수 입장에서 비연은 특이한 여자였다. 무림이란 거친 바닥에 여자의 몸으로 현상금이 걸린 흉악범들을 쫓아다녔다는 것도 그렇지만 절대신병을 지닌 상위 무인인 그녀가 상가 호위로 안주한 것도 쉽게 이해되지 않는 부분이었다.

거기다 이렇다 저렇다 말을 많이 하는 유형도 아니어서 더욱 그녀를 알아가는 것에 어려움이 있었다.

지금도 마찬가지. 말을 걸지 않으면 결코 먼저 말을 하는 법이 없는 그녀.

"어쩔 수 없이 길바닥에 자게 생겼군."

날이 저물어오는 것을 보며 외수가 투덜거렸다.

"괜찮겠어?"

"왜, 문제 있어?"

"아니 뭐, 넌 여자잖아."

"상관없어. 익숙한 일이야."

"……."

아예 멈춰 서서 말 등에서 행낭을 내리는 비연.

외수는 물끄러미 쳐다보다가 문득 그녀가 등에 두르고 있는 두 자루 칼이 오늘따라 유난히 크고 무겁게 보인단 생각을 했다.

"이봐, 안 되겠어. 조금 더 가보자고."

갑자기 말을 바꾼 탓에 이번엔 비연이 물끄러미 쳐다보았다. 하지만 곧 별다른 말없이 바로 고삐를 쥐고 묵묵히 외수를 따라 걸었다.

외수의 노력은 헛되지 않았다. 어둠까지 내린 길을 부지런히 재촉한 덕에 제법 수림이 울창한 야트막한 산자락에 도착할 수 있었다.

비록 객관은 아니었지만 이슬을 피할 수 있을 뿐 아니라 가까이 개울까지 흐르고 있어 노숙을 하기엔 그저 그만인 곳.

"다행이군. 밤새 걸을 뻔했는데."

외수가 나무 아래 적당한 장소를 찾아 말을 이끌었다.

"음, 풀이 조금 자라긴 했어도 여기가 좋을 듯싶군. 어때?"

"상관없어."

비연이 대충 말고삐를 가까운 나무에 매어놓고 숲으로 향했다.

그걸 보며 픽 소리 없이 웃음을 흘린 외수가 뜬금없이 검을 뽑았다.

휙! 휙휙!

길게 자란 풀들을 베어버리는 외수. 그런 후 자리를 꾹꾹 밟아 다지기까지 했다.

깔끔한(?) 잠자리가 완성되었을 때쯤 숲으로 갔던 비연이 돌아왔다.

"여기서 자! 풀밭이라 해충들이 있을 수도 있으니 자리를 꼭 깔고."

"……."

우두커니 서서 다듬어진 곳을 내려다보는 비연.

외수가 주위를 둘러보며 말했다.

"먹을 게 없는데 하룻밤 정도 괜찮지? 여긴 잡아먹을 만한 것도 없을 듯한데 말이야."

"상관없어!"

비연이 행낭에서 커다란 천을 꺼내 바닥에 깔고 털썩 주저앉으며 대답했다.

그녀를 보며 웃는 외수.

"후훗, 몸에 밴 습관이란 게 무섭군. 이봐, 비연! 자신에게 좀 더 관대할 필요가 있지 않겠어? 아직도 자신이 과거 풀밭에 쓰러져 풀을 뜯어먹던 아이라고 생각하는 건 아니지?"

"……."

동작을 멈추고 쳐다보는 비연을 향해 외수는 말을 이었다.

"쌍도와 비도를 익힌 무인이자 사하공의 절대신병까지 지닌 주인! 거기다 보는 이로 하여금 눈이 돌아가게 만드는 고혹적인 미인! 그런 여자가 길바닥 아무 데서나 배를 곯고 자고 있다면 어떻겠어? 다른 사람 생각도 좀 해줘야지. 크큭!"

비연이 눈도 흘기고 콧방귀도 꼈다.

"난 편가연이 아냐!"

"당연하지. 넌 조비연이잖아!"

외수의 대꾸에 비연이 눈에 잔뜩 힘을 줬다.

"그래서 고치라고?"

"아니. 자기를 너무 쉽게 여기는 것 같아서 그냥 해보는 말이야. 보는 내가 어색하게 느껴질 정도거든."

잠시 노려보던 비연이 뜻밖에도 고개를 끄덕였다.

"알았어. 고쳐 볼게."

내심 깜짝 놀란 외수. 당연히 치워! 닥쳐! 따위의 말이 튀어나올 줄 알았는데 너무도 선선히 받아들여 이채롭기까지 했다.

빙긋이 웃는 외수.

"후훗, 그럼 할 일도 없으니 잠이나 자볼까. 날 밝기 전에 출발하려면 우리 역시 조금 자둬야겠지?"

외수는 바위에서 내려앉아 벌렁 누웠다.

그러자 그런 외수를 보고 있던 비연이 이번엔 먼저 말을 걸었다.

"이봐, 궁외수!"

"응?"

두 팔을 괴고 눈을 감은 상태로 대답하는 외수.

"왜 나와 같이 온 거야?"

"누군가를 찾고 쫓는 일엔 네가 도사잖아. 그리고 월령비도의 주인이고."

"……."

비연은 이유가 그것뿐이냐고 물으려다 그만두었다.

이내 잠이 들어버렸는지 고른 숨소리를 내는 외수. 비연은 쭈그리고 앉은 채 한동안 밤하늘만 올려다보았다.

＊　　　＊　　　＊

궁외수와 조비연이 미기가 오라고 한 진회현에 도착한 건 꼬박 이틀이 더 걸린 뒤 오전이었다.

섬서를 지나 감숙으로 넘어온 곳. 사천 땅이 바로 옆이었다.

"여기 맞지?"

꽤 규모를 자랑하는 관청 앞에 말을 세운 외수가 정문 편액을 올려다보며 말에서 내렸다.

그러자 적지 않게 늘어서 있던 정문 관원들이 즉각 반응했다.

"누구시오?"

"궁외수라 하오. 영령공주를 뵈러 왔소."

"아! 극월세가에서 오시는 분입니까?"

"그렇소."

"어서 오십시오. 공주마마께서 기다리고 계십니다."

무장 한 사람이 앞서 안내를 하자 외수와 비연이 말을 끌고 안으로 들어갔다.

관부라 그런지 특별히 꾸며진 것 없이 단순한 건물에 깔끔한 환경. 하지만 외수와 비연이 말을 맡기고 안내되어 간 곳은 조금 달랐다.

출입문 쪽은 물론 담장 안팎으로 경계를 서는 관원들이 줄지어 늘어선 곳. 정원이 멋스럽고 건물 또한 꽤나 아름다운 구조를 하고 있는 곳이었다.

"누구냐?"

안내되어 가는 전각 앞마당에 혼자 왔다 갔다 하며 무언가 조급해 보이는 모습을 하고 있던 노년의 인물이 무장에게 물었다.

"극월세가에서 온 사람들입니다."

"오, 그래?"

차려 입은 행색만 보아도 지위를 알 것 같은 그가 어두운 표정 와중에도 반색을 했다.

"어서 오시게. 난 이곳 현령(縣令)일세. 공주마마께서 기다리니 어서 드시게."

분주히 앞서 전각으로 들어가는 현령.

내부에도 바깥과 다를 바 없이 많은 경계 인원들이 이곳저곳 배치되어 있었다. 하지만 안쪽에 지키고 선 자들은 바깥의 관원들과는 조금 다른 복장이었는데 외수는 아마도 그들이 미기를 따라온 금평왕부의 무장들일 것이라고 생각했다.

"공주마마께서 기다리는 분들이오."

방문을 지키는 무장에게 말을 건넨 현령이 문을 열고 들어서려는 그때 안에서 무언가 박살 나는 소리가 났다.

와장창!

"이것들이! 이게 아니라고 했잖아!"

미기의 고함 소리였다.

"죄송합니다, 공주마마! 다시 준비해 올리겠습니다."

관노(官奴)로 보이는 이들이 깨져 흩어진 접시와 음식들을 쓸어 담으며 절절거리고 있었다.

문을 연 현령이 급히 달려가 머릴 조아렸다.

"마마, 소인의 불찰입니다. 용서하십시오. 얼른 다시 준비시키겠습니다."

"됐어! 관활 지역 백성도 지키지 못한 것들이 뭘 할 수 있겠어! 꺼져!"

단단히 화가 난 듯한 미기.

"주, 죽여주십시오!"

"홍, 당연히 그럴 거야! 한 개 마을 전체가 잿더미가 되고 수백 명이 몰살당했는데 살아남으려고 했어? 진상 조사가 끝나면 그 지경이 되도록 아무것도 모르고 있었던 무능한 당신의 목부터 칠 거야!"

"마마, 마마……."

현령이 아예 납작 엎드려 바닥에 머릴 처박았다.

비연과 함께 외수가 들어섰다.

"무슨 일이야? 왜 이렇게 살벌해?"

그제야 날이 서 있던 미기가 쳐다보았다.

"생각보다 빨리 왔군."

"부탁한 건 나니까. 그런데 무슨 일이야? 조금 전에 한 말, 내가 부탁한 것과 관련 있어?"

"……."

팔짱을 낀 채 퉁명스럽게 쏘아보던 미기가 엎어져 있는 현령부터 내보냈다.

"넌 나가서 대기하고 있어!"

"예, 마마! 알겠사옵니다."

쩔쩔매며 물러가는 현령.

"네가 찾는 손공노란 그 인물, 찾았어! 한데 찾은 것도 아냐!"

"……?"

외수는 바로 알아들었다.

"죽었단 뜻이야?"

미기가 시선을 창밖 멀리 두고 고개를 끄덕였다.

"머리 좋네. 바로 알아듣고. 그래, 죽었어. 그것도 불에 탄

채! 살해된 후 태워졌지!"

"……?"

반응 없이 듣고만 있는 외수를 돌아보고 말을 이어가는 미기.

"네가 찾는 절대신병 같은 건 없었어! 아마도 그것 때문에 살해된 것 같고, 완벽한 증거인멸을 위해 흉수들이 그의 장원은 물론 인근 십여 리 내의 모든 사람을 다 죽이고 태워 버렸어. 추적하다 보니 여기까지 왔는데, 방금 나간 현령이 사건을 축소하고 은폐하려던 걸 포착한 거야. 하지만 그 인간은 관련 없어! 그저 자기 목이 걸린 일이라 그랬던 것일 뿐."

"어디야? 언제 일어난 일이야?"

외수의 말에 쳐다보고 있던 미기가 주저 없이 움직였다.

"따라와!"

*　　　*　　　*

"보름 전에 일어난 일이야. 네가 찾는 절대신병은 빼앗긴 것 같아. 그러니 이런 끔찍한 짓을 자행했겠지."

시커멓게 잔재만 남은 장원 앞에 선 외수는 미기의 말에 깊은 침음과 함께 찌푸린 눈살을 펴지 못했다. 장원도 장원이지만 오는 동안 본 마을의 참상은 말로 표현하기 힘들 만큼 처참했었기 때문이다.

아이, 어른 할 것 없이 모조리 도륙되고 생명이란 작은 풀씨 하나조차 남겨놓지 않은 끔찍한 현장. 장사조차 치르지 못하고 관원들이 한곳에다 끌어다 놓은 시체들 위엔 불이 타오르고 있었다. 남은 살과 뼈를 노리는 시커먼 새들이 날아다니고, 이미 뜯어먹을 것도 없는 허연 해골들이 들짐승의 발밑에서 뒹굴고 있었다.

도저히 인내 못 할 것 같은 분노로 인해 외수의 안광이 핏빛을 띠어 가고 있었다.

비연이 무너진 돌담을 훌쩍 뛰어넘어 먼저 안으로 들어가 살피기 시작했다. 관원들이 놓친 흔적이라도 찾아보려는 듯.

분노에 치민 외수가 처연하기 그지없는 웃음을 머금었다. 오히려 더 섬뜩한 웃음.

"천하에서 가장 멍청한 흉수로군."

미기가 즉시 물었다.

"무슨 소리야?"

"어떤 목적으로 손공노의 절대신병을 빼앗았는지 모르지만 이러면 제 놈이 드러나지 않을 것이라고 생각했던 걸까. 빤히 무적신갑을 가진 놈이 범인이잖아? 평생 무적신갑을 사용하지 않을 생각인가."

"……."

"차라리 손공노만 조용히 처리하고 가져갔더라면 더 어려웠을 것을, 멍청한 놈!"

미기가 이제야 이해했다는 듯 고개를 끄덕이며 동의했다.

"그렇군. 오래지 않아 드러나겠군. 분명 무적신갑이란 그것이 절실히 필요해서 벌인 일일 테니!"

외수가 비연을 따라 장원으로 발을 들여놓자 미기도 같이 움직였다.

"얼마나 살해된 거야?"

다시 미기에게 던진 물음.

"삼백여 명 가까이 돼!"

"엄청나군. 잔인하고. 마을 사람을 하나도 남기지 않고 몰살시켰다는 건 누군가 목격자가 있었단 뜻 같은데, 따로 신고 들어온 건 없어?"

"역시 명석하군. 없어, 아직은."

"아직은?"

외수가 돌아보자 미기가 고개를 끄덕이며 말을 이었다.

"파악되지 않는 실종자가 있어."

"누구야?"

"손공노가 데리고 살던 아이들!"

"……?"

"그가 이곳에 정착한 후 오랫동안 오갈 데 없는 아이들을 거둬 같이 살았다더군. 그런데 사건 당시 그 아이들 수가 몇이었는지 알 수가 없어! 주변 사람들이 다 죽어버렸으니. 장원에서 발견된 아이 시신은 한 명뿐이었고, 마을 외곽에서 신원 파악이 되지 않는 아이 시신 두 구가 더 발견되었어!"

"모두 세 명?"

"더 있었다면 살아남은 아이가 있을 수 있단 뜻이지."

"흠!"

외수가 시선을 떨어뜨린 채 빠르게 머리를 굴렸다.

"이 사건, 대대적인 조사를 시작했겠지?"

"당연하지. 이미 감숙성은 물론이고 황궁까지 보고가 올라갔어. 특별 조사관들이 내려와 추적을 시작할 거야."

"안 돼! 그러면!"

"응? 무슨 소리야? 왜?"

"말했잖아! 무적신갑을 가진 자가 흉수라고. 그렇게 내놓고 추적을 시작하면 놈이 깊이 잠수해 버리지 않겠어? 놈을 드러나게 하려면 이 사건이 최대한 알려지지 않게 조사해야 돼!"

"……."

"무슨 말인지 알아들었지? 무림의 일이라 관에선 아예 외면하고 손을 뗀 것처럼 하란 말이야. 그렇지 않고선 못 잡아! 마을 주민 모두를 학살할 정도로 소심한 놈인 것을 보면……."

"그… 렇군. 그걸 생각 못 했어. 당장 잡아야 한단 생각에 서두르기만 했어."

미기가 실수를 인정하면서도 속으론 외수의 머리 회전에 감탄했다.

'무식하게 생긴 게 제법이네? 글도 모른다고 했던 것 같은데?'

미기가 신기한 듯 외수를 힐끔거리고 있을 때 잿더미가 된 장원을 살펴보고 온 비연이 외수에게 물었다.

"어떡할 거야? 여긴 아무런 흔적도 없어!"

"젠장, 어쩐지 일이 쉽게 잘 풀려간다 했어. 하긴 쉽게 손에 들어오면 절대신병이 아니지. 어쨌든 여기까지 왔으니 모두 살펴보고 가야지. 다른 곳으로 가보자고. 미기, 신원 미상의 아이들이 발견된 곳이 어디야?"

미기가 즉시 따라온 왕부의 무관들에게 눈짓을 했다.

"저쪽입니다, 공주마마!"

눈치 빠른 무관들이 앞서 안내를 하자 외수와 비연도 폐허가 된 장원을 뒤로하고 미기를 쫓아 움직였다.

*   *   *

외수와 비연, 그리고 미기가 떠난 자리에 무림삼성 세 사람이 나타났다. 궁외수를 쫓아 움직인 벽사우, 풍미림, 역수를 따라온 그들이었다.

"이, 이게 다 무엇이죠, 오라버니?"

명원이 넋이 빠진 듯 중얼댔으나 구대통과 무양도 충격에 말을 잃고 있었다.

"이런 학살이라니?"

"누굴… 까요, 이런 천인공노할 만행을 저지른 자가?"

"궁외수, 그놈이 말하지 않았냐. 사하공의 무적신갑을 가져간 놈이라고."

"으드득! 그까짓 병기가 무엇이라고 이렇게……?"

명원이 분노로 인해 더 말을 잇지 못했다.

무양이 구대통에게 말했다.

"맹에서 알고 있겠지?"

"그럴 테지. 포착 못 했다면 병신이고. 하지만 왜 이런 참상이 빚어졌는지는 모를 테지."

"그렇다면 관에 맡기고 대충 조사하고 끝낼 가능성이 높군."

"그래. 아마도 그놈들은 그럴 거야. 무림인의 소행이란 증거가 없단 핑계로! 흥, 제 놈들 배 불리는 데만 정신이 빠져 있는 놈들!"

평소에도 무림맹을 두고 단단히 삐쳐있는 구대통이었다.

"어쩔 거야?"

"이 상황을 보고 뭘 물어. 그러지 못하게 해야지. 우리가 나서서! 지금은 궁외수보다 이게 더 큰 문제야!"

충격에 빠져 있던 명원이 다시 말을 받았다.

"그렇겠죠. 분명 목적이 있으니까 이 많은 살상을 해가며 절대신병을 손에 넣었겠죠. 그 목적이 뭔지는 모르겠지만 무언가 큰 음모를 가진 게 틀림없어요. 그것도 무림을 향한!"

"……."

명원의 말에 무양과 구대통이 동시에 신음을 삼켰다.

"그런데 궁외수는 왜 손공노를 찾은 걸까요? 놈도 당연히 절대신병 때문에 그를 찾았을 텐데, 무적신갑이 탐났던 걸까요?"

구대통이 고개를 저었다.

"그건 아닐 거야. 그런 이유였다면 미기가 우리에게 말하지 않았을 리도 없고, 찾아줬을 리도 없지. 다른 이유가 있을 거야. 그건 나중에 미기 녀석을 다그쳐 보는 수밖에."

"가죠. 무림맹 놈들부터 잡아 족쳐야겠어요. 정신 차리고 제대로 일 좀 하게."

명원이 더 있을 이유가 없단 듯 돌아서 서둘렀다. 다시 현장을 돌아본 구대통과 무양이 씁쓸함을 곱씹으며 따라 움직였다.

                    *   *   *

　"정말 눈 뜨고 보지 못할 참상이군. 저항도 못 하는 이들을 상대로 이토록 잔인할 수 있다니."

　일그러진 인상을 펴지 못하는 외수.

　미기가 그의 말을 받아 설명을 붙였다.

　"이게 모두 한밤중에 일어난 일이야. 죽은 사람들의 사체는 어김없이 불구덩이 속에서 나왔어. 살해한 후 불을 질렀거나 타오르는 불 속에 집어던졌단 얘기지. 흔적을 남기지 않기 위해서."

　"음……."

　"한데 그 신원 미상의 두 아이 사체만은 태워지지 않았어!"

　"어째서?"

　"태우지 않아도 될 만큼 형체를 알아볼 수 없을 정도로 갈기갈기 도륙당해 있었거든!"

　"뭐야?"

　"저기야!"

　마을을 벗어나 같이 한참을 걷던 미기가 좁은 농로 옆 개울을 가리켰다.

　"저기 난자당한 아이들 사체가 있었대. 너무 흩어져 있어서 처음엔 두 아이인 줄도 몰랐을 정도라고 하니 얼마나 끔찍했는지 알 만하지."

"……."

외수가 개울을 내려다본 다음 잿더미가 된 마을 쪽을 쳐다보았다. 마을이 아득히 보이는 꽤 먼 거리. 그리곤 바로 추론을 했다.

"여기 숨어 있었거나 도주하다가 발각돼 죽임을 당한 것이로군."

"맞아. 그런 것 같아."

"음, 영령!"

"으응? 응?"

외수가 갑자기 그답지 않게 영령이라 부르자 당혹스러워하는 미기였다.

"확실히 도주에 성공한 아이가 있을 수도 있겠어. 그 부분을 철저히 조사하라 지시해 줘! 손공노가 몇 명의 아이들을 데리고 있었는지 그걸 아는 사람을 찾을 수 있다면 더 확실하겠지."

"그, 그래. 알았어!"

물끄러미 쳐다보는 외수. 그러자 미기가 쑥스러워하며 뒤로 목을 뺐다.

"고마워. 비연과 난 여기저기 더 살펴본 뒤 객잔에 묵을 테니까 넌 이제 그만 돌아가도록 해. 무관들도 따라나섰는데 지고한 공주님이 이런 곳에 있는 것이 신경 쓰이는군. 내일 관부로 갈게."

"……."

미기가 쳐다보며 우물쭈물 꼼지락댔다.

"왜 빤히 보고 있어? 안 갈 거야?"

"아니, 가! 갈 거야! 그럼… 내일… 봐!"

묘했다. 어느 누구에게도 눌리지 않는 미기였건만 이상하게 어느 순간부턴가 외수의 말엔 힘을 쓸 수가 없었다. 걸으며 곰곰이 생각을 해본 미기는 그것이 그가 객잔 침실에 뛰어든 만행(?) 이후부터 시작됐다는 걸 깨달을 수 있었다.

나쁜 놈.

하지만 꼭 그것 때문만은 아닌 것도 사실이었다. 무림삼성과의 싸움도 보았고, 뭘 하든 머리 위에서 압도하고 있는 느낌. 왠지 말대로 하지 않으면 안 될 것 같은 무시무시한 인간인 탓도 있었다.

미기는 잠시 나쁜 놈 궁외수를 돌아보곤 무관들을 거느리고 떠나갔다.

"휴, 이대론 아무리 돌아다봐야 소용이 없겠군. 정말 티끌만 한 흔적도 남기지 않았어!"

이곳저곳 오가며 빠짐없이 마을을 살피던 외수가 낙심한 듯 멈춰 서서 고개를 저었다.

비연도 한숨을 쉬었다.

"맞아. 목격자가 나타나지 않는 한 흉수가 스스로 드러나길 기다리는 수밖에 없을 듯해!"

"어떨 것 같아? 놈이 드러날 것 같아?"

비연이 외수의 물음에 단호히 고개를 저었다.

"아니. 네 말처럼 진짜 멍청이가 아니라면 쉽게 노출시킬 리 없지. 무적신갑이란 그 절대신병, 아주 결정적일 때 사용하거나 아주 은밀하게 사용해 추적을 피하려 할 거야. 방법이야 많잖아? 무적신갑을 가졌다는 걸 본 자는 그 자리에서 죽여 없애 버리기만 해도 되니까."

"음!"

외수는 비연의 말을 부정하지 않았다. 충분히 그럴 가능성이 있는 탓이었다.

"난감하군. 이대로 돌아가야 한다니. 반야도 그렇고 북해빙궁 여인들도 실망이 크겠어. 쯧!"

"……."

혀를 외수를 보며 비연은 안타까워 더 대화를 이어가지 못했다.

"가지! 오늘은 이곳에서 쉬고 내일 돌아가자고."

못내 아쉬운 듯 발걸음을 떼지 못하던 외수가 억지로 시선을 거두고 돌아섰다.

第二章

대형사고

너, 화살 맞고 떨어지는 새와 멀쩡히 날아가다 바위에 부딪쳐서 마빡 터져 떨어지는 새 중 어느 쪽 기분이 더 더러울 것 같아?

더러운 새끼! 그 새낀 절대 마주치지 마! 어느 쪽이든 무조건 기분 더러우니까!

—그에게 원한 맺힌 자

"저기 있군."

관부가 있는 진회현까지 돌아온 외수가 객잔을 발견하고 곧장 그리로 걸었다. 거우 발견한 것치곤 썩 괜찮은 객잔이었다.

"술을 먼저 할까, 식사를 먼저 할까?"

지친 듯 맥없는 모습으로 의자에 주저앉는 외수가 던진 말에 비연이 마주앉으며 픽 웃었다.

"술로 먼저 시작하고 싶어 하는 것 같은데?"

"맞아! 화도 나고 답답하기도 하고. 취해서 뻗어버리고 싶은 기분이야!"

"독한 걸로 시켜야 할 듯하군."

"그래!"

비연은 주저 없이 술을 주문했다. 그리곤 편하게 쌍도를 풀어 탁자에 내려놓고 자신도 같이 퍼질 준비를 했다.

술이 먼저 나오자 외수는 병째 입으로 가져갔다.

벌컥벌컥.

"크!"

정말 독했던 것인지 외수가 갖은 인상을 다 써댔다.

마찬가지로 병째 입으로 가져가는 비연. 그런데 문득 동작을 멈추더니 다시 내려놓고 가만히 잔 하나를 끌어당겼다.

쪼르르…….

잔이 채워지는 맑은 소리만큼 비연의 자세도 정갈(?)했다. 뿐만 아니라 잔을 들어 입으로 가져가는 모습 또한 더없이 단아하고 차분했다.

평소 같았으면 고개를 젖혀 단숨에 술을 털어 넣었을 그녀지만 지그시 내려뜬 눈으로 가만히 잔만 까닥여 음미하듯 넘겼다.

그런데 전혀 어색하지 않았다. 지극히 어울리는 모습. 오히려 당연해 보였다.

편가연 뺨치는 외모를 가진 그녀지만 살아온 바탕과 습관,

그로 인해 형성된 성격 때문에 편가연과 같은 우아함을 보이지 못하는 것일 뿐 오히려 등에 두르고 다니는 두 자루 거도가 어색할 만큼 아름다운 그녀인 것이다.

당장 객잔 주인과 점소이의 기색부터가 그랬다. 그녀가 들어설 때부터 계속 힐끔힐끔 눈을 떼지 못하고 있는 두 사람이었다.

무인이라 꾸미지 않아서 그렇지 그녀가 칼을 내려놓고 조금만 꾸미고 다녔다면 어쩌면 극월세가 앞 화평객잔에서 일어난 난리처럼 가는 곳마다 난리가 났을 것이었다.

비연은 한 번 설정한 자세를 흐트러뜨리지 않았다. 스스로도 어색해 죽을 맛이었지만 꿋꿋하게 유지하려 노력했다.

한데 그런 비연에게 술 처먹느라 바빠 눈길도 주지 않는 외수처럼 쳐다보지도 않고 객잔을 들어서는 자들이 있었다.

"주인장, 여기 식사와 술!"

각기 크고 길쭉한 체형의 두 사내와 요염함이 철철 넘치는 한 여자였다. 그들 세 사람은 비연뿐 아니라 외수도 거들떠보지 않고 손님도 없는 객잔의 아주 구석 자리로 가 처박히듯 자기들끼리 앉았다.

외수가 그들이 들어서는 걸 느끼고 힐긋 돌아보긴 했으나 이내 무시하고 그는 술만 퍼마셨다.

[누님, 소교주 표정이 심각한 것 같죠?]

궁외수와 마주보는 방향으로 앉은 벽사우가 슬쩍슬쩍 눈치를 보며 귀영천사 풍미림에게 건넨 전음이었다.

[그래. 화가 났다기보다 무언가 실망한 모습이야.]

[그게 무엇인 것 같소?]

[음, 대충 지금까지 상황들을 추리해 보면 소교주가 누군가를 찾아온 것 같고, 하필이면 그가 어떤 자들로부터 마을 사람들과 같이 죽임을 당해 버린 후인 것 같아.]

[미림 누님, 이게 극월세가 상황과 관련이 있는 것 같소?]

[글쎄?]

[아까 그 소교주를 안내하던 꼬맹이 여자아인 뭘까요? 현령이 쩔쩔매고 보통 아닌 무관들이 줄줄이 붙어 경호까지 하는 것 같던데.]

[글쎄. 그것도 지켜보면 알게 되겠지. 우리가 소교주에 대해 아는 것이 거의 없잖아. 그나저나 우릴 이렇게 노출해도 되는 거야?]

[그럼 어쩌오? 이 망할 동네의 객잔은 여기뿐이고 배는 고파 뒤지겠는데. 걱정 마시오. 눈여겨보는 것 같지도 않으니.]

[그래. 최대한 자연스럽게 행동하자고. 전혀 상관없는 사람들처럼.]

[알겠소.]

풍미림, 벽사우, 역수가 서로 머리를 처박은 채 자기들끼리 속삭이며 아예 궁외수 쪽은 쳐다보지도 않았다.

서서히 어두워져 가는 풍경. 인근 마을의 참변 때문인지 오가는 사람도 특별히 눈에 띄지 않는 거리. 그리고 객잔 또한 썰렁하기만 했다.

술병을 손에서 놓지 않는 외수의 취기가 제법 올랐을 즈음, 휑하던 객잔에 생각지 못한 한 떼의 무리가 몰려들었다.

"어, 어서… 오십시오."

줄줄이 들어서는 인파(?)를 보며 주인도 점소이도 놀라 휘둥그레졌다.

대략 서른 명은 족히 될 듯했다.

모두 일행인 모양이었으나 각기 다른 복장들. 비렁뱅이 꼴의 남루한 차림을 한 인간이 있는가 하면 값비싼 비단옷을 번지르르하게 두른 자들도 있었다.

그리고 그들 중 도복을 입은 도사들도 적지 않게 섞여 있었는데, 푸른빛이 도는 회색의 도복과 검은빛의 도복을 입은 쪽, 두 부류였다.

"주인, 객잔이 여기뿐인가?"

"근처에선 그렇습니다, 손님!"

"객방은 충분한가?"

화려한 차림을 한 젊은 사내가 묻자 주인이 황급히 사람들 수를 정확히 확인하곤 대답했다.

"몇 개나 필요하신지요? 독방을 많이 쓰지 않으면 가능할 것 같습니다만. 먼저 온 손님들이 계셔서……."

"음, 최소한 열 개는 있어야 될 듯한데?"

"열 개요?"

난감한 표정을 한 주인이 먼저 와 자리를 차지하고 있는 손님들을 돌아보았다. 손님이라고 해봐야 술을 마시는 데 집중해 있는 궁외수와 비연, 그리고 자기들끼리 머리를 맞댄 채 쑥덕대고 있는 벽사우 등이 전부였지만 주인 입장에선 그들에게 객실을 양보 받는 수밖에 없었다.

주인이 조심스럽게 구석 자리의 세 사람에게 먼저 다가갔다.

"저기… 손님?"

세 사람이 동시에 고개를 들어 쳐다보았다.

"죄송한데 보시다시피 손님들이 갑자기 많이 들이닥쳐서 그러니 예약하신 방을 두 개만 사용하시고 하나를 양보해 주시면 안 되겠습니까?"

"……?"

주인의 말에 역수가 그의 등 뒤로 몰려든 자들을 슬쩍 쳐다보곤 조금의 여지도 갖지 않고 거절했다.

"흐흐흐, 미안하군. 우린 독방 아니면 잠을 못 자는 사람들이라서 말이야."

객잔 주인으로선 재차 부탁을 할 수가 없었다. 객잔을 운영하며 온갖 많은 부류의 사람들을 봐온 그였기에 상대가 어떤 자들인지 대충 짐작할 수 있었기 때문이었다.

칼을 지닌 자세, 행색, 말투, 눈빛……. 다시 말을 해서 통할 자들이 아닌 것이었다.

주인은 일단 어려운 자세를 하고 물러났다. 그리곤 다시 입구 옆 창가 자리의 두 사람에게로 갔다.

한쪽 팔은 탁자에 걸치고, 한쪽 다리는 의자에 놀려놓고, 술병은 입에, 흐늘거리는 시선은 창밖에. 최대한 편안하게 늘어진 모양새로 슬슬 달아오르는 취기를 온몸으로 흘리고 있는 궁외수.

"손님, 죄송하오나 객방이 모자라서 그러는데 두 분께서 별채의 큰 방을 사용해 주시면 안 되겠는지요?"

무척이나 정중하고 조심스런 물음.

외수가 게슴츠레 풀린 눈으로 돌아보았다.

"응? 뭐라 했소?"

"방이 모자라 그러니 별채의 방을 사용해 주시면……."

"방 하나를 쓰란 말이오?"

"예, 그렇습니다."

"음, 침대가 몇 개요?"

"둘… 입니다."

"그래? 그거 아쉽군. 하나였더라면 더 좋았을 텐데. 히힛!"

"예?"

외수의 사악한 표정에 주인이 당황스러워했다.

"아니오. 알겠소. 좋을 대로 하시오. 별 상관없소."

아무렇지도 않게 대답해 버리는 외수 덕분에 주인은 확 얼굴이 펴졌다.

"아이고, 손님! 감사합니다! 감사합니다!"

다리 잡힌 방아깨비처럼 허리를 꺾어대는 주인장.

반면 비연은 어이없단 듯 외수를 노려보았다. 그런데 그녀가 뭐라 입을 열려는데 외수가 먼저 선수를 쳤다.

"아아, 걱정 마. 전에도 객관에 같이 묵은 적 있잖아."

더욱 사납게 째려보는 비연.

"그땐 여럿이었고!"

"그랬나? 아무럼 어때? 어차피 침대가 두 개라는데."

점점 더 날카롭게 내려눌리는 비연의 눈초리.

"하나였다면 같이 뒹굴기라도 할 생각이었나?"

"흐흣. 농담이야, 농담! 당연히 말도 안 되는 소리지. 암! 그냥 주인장 편하라고 한 말이었어. 오해하지 마!"

그럴싸한 이유를 댄 외수였지만 한 번 돌아간 비연의 눈초리는 그대로 받아들이지 못하고 끊임없이 휘어졌다.

하지만 비연은 계속 외수를 째려보고 있을 수만은 없었다. 전혀 예상치 못한 살기가 객잔 안을 채우고 있었기 때문이었다.

"너, 너는?"

"네, 네놈은?"

동시에 터져 나온 음성은 뜻밖에도 외수를 향하고 있었다.

비연의 고개가 먼저 돌려졌고, 창 바깥쪽을 향해 맘껏 흐트러진 자세로 앉아 있던 외수가 느릿하게 돌아보았다.

"으응?"

취기에 풀린 눈이 쳐다보고 있는 자들을 느물느물 쓸었다.

"어라, 별로 반가울 것 없는 얼굴들이 눈에 띄네?"

웅얼대는 혀도 반쯤 풀린 채 같이 흐느적댔다.

별로 좋지 못한 기억의 무림맹 문상 공약지. 그뿐만 아니라 짜증나는 시커먼 도복을 걸친 자들도 여럿 보였다.

"이봐, 비연! 저들이 날 가리킨 거지?"

끄덕.

"그래? 그럼 나도 아는 척을 해야 되는 거지? 여어, 안녕하시오. 어쩐 일이오? 이런 곳에서 다시 뵙는구려. 끄윽!"

외수가 술병을 든 손까지 들어 흔들어 보였다. 물론 느긋이 눌러앉은 자세 그대로였다.

공약지의 눈매가 고울 리 없었다. 그는 무림맹의 인사들과 같이 달려와 이곳에서 벌어진 사건을 조사하고 있는 중이었다. 그와 같이 온 무림맹 인사들뿐 아니라 섬서의 화산파, 이곳 감숙의 공동파, 그리고 사천의 청성파도 같이 합류해 있었다.

"누구지? 아는 젊은이인가?"

노려보는 공약지에게 회색 도복을 입은 공동파 인물들이 물었다.

그런데 대답을 한 이는 화산파 문여종이었다.

"극월세가 궁외수란 아이요."

"궁외수?"

공동파 인물들뿐 아니라 모두가 궁외수를 다시 훑었다.

다들 아는 눈치.

그럴 수밖에 없었다. 무림 후기지수 대회에서부터 극월세가 편가연과의 인연, 낭왕의 죽음에 이르기까지. 지금 무림을 통틀어 가장 뜨겁게 달궈지고 있는 이름이었기 때문이다.

"네놈이 왜 여기 있는 것이냐?"

"……."

공약지의 거듭되는 물음에 흐느적대던 외수의 눈초리가 차갑게 균형을 잡았다.

"그렇게 껄끄럽고 못마땅한 얼굴을 할 거면 뭣 하러 아는 척을 하지? 그냥 못 본 척 지나가면 될 것을. 그리고 내가 어디에 있든 무슨 상관이오?"

"여긴 사건 현장이다!"

"그래서? 그게 뭐 어떻다는 것이오?"

"네놈이 어째서 여기 나타났냐는 것이다. 극월세가가 관련이 있는 것이냐?"

공약지로선 시비를 걸고 싶은 게 솔직한 속내였다.

하지만 외수의 대답은 빌미를 주지 않았다.

"당연히 없소."

"……."

없다는 데 어쩔 것인가. 앙심을 품고 있는 속이야 부글부글 끓는 공약지였지만 보는 눈들이 있어 억지로 트집을 잡을 수도 없었다.

그러고 있을 때 공동파 도사들 중 초로에 접어든 한 인물이 혀를 차며 나섰다.

"허어, 고약하군. 제법 이름이 전해져 온다 해서 장차 무림을 받들 동량인 줄 알고 나름 기대를 했었건만 이제 보니 흔한 시정잡배나 다름없는 행태를 지닌 인간 아닌가. 쯧쯧쯧!"

공동파 허(虛) 자 돌림 이대제자들 중 가장 높은 연배를 가진 '무허(戊虛)'라는 도사였다.

외수의 눈초리가 어김없이 그에게 꽂혔다.

"그것참 희한하군. 내가 당신들에게 뭘 잘못했소? 왜 가만 있는 사람을 아는 척해서 마음대로 이렇다 저렇다 씹어대지?"

"어허, 이놈! 어린 것이 구제불능이구나! 앞에 존장이 서 있는 데도 일어나 예의를 갖추기는커녕 계속 앉아서 주절대기만 하다니!"

"존장?"

외수가 더 어이없어하며 다시 한 번 무리들을 쓸어보았다. 공약지와 문여종, 그리고 나머지 군상들 역시 도검을 지닌 풍모들로 보아 뿌리 깊은 명문대파에 속한 자들이라는 걸 한눈에 알 수 있었다.

그중 외수는 자신의 눈길을 피하는 뒤쪽의 한 사내를 발견했지만 모른 척했다.

무허가 다시 고함을 질렀다.

"뭘 노려보는 게냐, 이놈! 각대문파 후기지수들을 꺾고 우승했다고 눈에 뵈는 것이 없는 것이냐?"

당장이라도 한 주먹 내지를 것 같이 호통을 치는 무허.

외수가 피식 쓴 웃음을 머금었다. '자상한 시시'의 설명에 따르면 명문 대파를 자처하는 구대문파 인간들이 위신과 허세의 굴레 속에서 사는 자들이라더니 그 말을 십분 이해하고도 남음이 있었다.

"후후훗, 무림이고 존장이라. 그게 뭣 하는 건지 모르겠지만 대체로 감이 가는구려. 전에 저기 있는 화산파 사람들도 애나 어른이나 가만있는 사람을 못 잡아먹어 못살게 굴더니 무림이란 곳이 원래 그런 곳인가 보오?"

애나 어른?

화산신검 문여종을 비롯해 매화 문양이 새겨진 검은 도복을 입은 자들이 동시에 발끈했다.

매섭게 일어난 살기 속에 다시금 공동파 무허가 나서려 하자 문여종이 우선 제지를 했다.

"무허 도장, 잠시 고정하시오. 궁외수란 저놈 원래 저렇게 생겨먹은 놈이었소."

"음, 화산신검께서도 잘 아는 모양이구려."

"그렇소. 마도들을 도와 나에게 칼을 겨눴던 녀석이오."

"뭐요?"

무허뿐 아니라 청성파의 인물들도 놀랍단 표정을 금치 않았다.

"쯧쯧쯧. 그래서? 그런 놈을 그냥 내버려 뒀단 말이오?"

"기이하게 운이 따르는 녀석이오. 근본도 없는 무공을 가지고 남궁세가에서 우승한 것만 봐도 알 만하잖소."

"그럼 정말 소문처럼 팔방풍우, 횡소천군 같은 초급 무공을 사용한다는 게 사실이란 말이오?"

"그렇소. 거기에 해괴한 싸움 기술과 독특한 감각을 가졌소."

"흠, 이해가 안 되는군. 아무리 그래도 초급 무공밖에 모르는 자가……?"

고개를 갸웃대는 무허를 뒤로하고 문여종이 앞으로 나섰다.

외수가 여전히 삐딱하게 앉은 자세로 다가서는 그를 노려보았다.

"이놈! 묻겠다!"

"묻지 말고 웬만하면 그냥 가시오. 당신들과 엮이면 항상 귀찮은 일이 벌어져서 말이오."

"애나 어른이라 칭한 자가 누구냐?"

"누구긴 누구요. 저기 있는 당신네 제자와 매화검선 담사우란 영감이지."

"……?"

외수의 대꾸에 문여종뿐만 아니라 모두가 놀랐다. 아니, 놀랄 정도가 아니라 기겁할 정도의 대꾸였다.

문여종이 뒤쪽에 움츠리고 있는 백도헌을 빠르게 돌아보고 다시 외수를 쏘아보며 다그쳤다.

"네, 네놈이 담 사숙을 만났더란 말이냐?"

"그렇소. 자기 입으로 그리 말했었소. 부상을 입은 데다 낭왕의 손녀까지 데리고 있던 날 죽이려고 달려들더군."

"뭐얏?"

얼굴빛이 시뻘겋게 달아오르는 문여종.

"담 사숙께선 어디 계시냐?"

콧방귀를 뀌는 외수.

"어이없군. 그걸 왜 나에게 묻소? 당신네 제자도 저기 있는데. 왜, 그가 사라지기라도 했소? 분명히 말하지만 난 그와 싸웠을 뿐 죽이진 않았소. 더구나 칼도 아니고 막대기를 들고 상대했으니 의심나면 당신네 제자에게 물어보시오."

"……?"

문여종의 표정이 가관이었다.

막대기?

듣고 있는 화산파 인물들과 공약지를 비롯한 무림맹 인사들. 그리고 공동파와 청성파 사람들도 충격에 입이 떡 벌어졌다.

막대기라니? 천하의 매화검선을 죽이지 않았다고 말하는 것도 모자라 고작 막대기로 상대했다니?

문여종이 광분했다.

"이놈이 어디서 헛소리를! 죽고 싶으냐?"

외수는 응대하지 않았다. 흔들림 없이 노려볼 뿐.

어쩔 수 없이 문여종은 뒤쪽으로 고함을 질렀다.

"백도헌!"

안절부절못하고 있던 백도헌이 앞으로 튀어나와 머리를 조아렸다.

"사, 사백!"

"어찌된 것이냐? 너는 담 사숙을 뵙지 못했다고 하지 않았더냐?"

"사백! 죽여주십시오!"

무릎을 꿇고 엎어지는 백도헌.

불길한 예감이 엄습한 문여종은 마음을 추스를 수 없었다. 실종이나 다름없는 매화검선 담사우의 연락 두절로 화산파 전체가 그의 행방을 찾아 발칵 뒤집힌 상태 아니었던가. 그런데 어이없게도 백도헌이 알고 있었다니.

죽일 듯한 노기로 내려다보는 문여종.

"말해라! 어찌된 것이냐?"

"다, 담 사숙조께서 떠나시며 하신 당부 때문입니다."

"떠나?"

"예… 사백. 더 이상 고개를 들고 살 수가 없다며 아무에게도 말하지 말라 하셔서……."

이해를 할 수 없어 휘둥그레진 문여종.

"무슨 소리냐? 스스로 잠적하셨단 말이냐?"

"그, 그… 렇습니다."

"도대체 왜?"

성난 고함에 찔끔한 백도헌이 궁외수를 향해 손가락을 뻗었다.

"저놈, 바로 저놈 때문입니다!"

모두의 눈이 다시 외수에게 꽂히는 것은 당연했다.

문여종이 폭발할 것 같은 노기로 소리쳤다.

"어떻게 된 일인지 소상히 말하지 못 하겠느냐!"

"사숙조께선 대회 우승자라 해서 단지 어떤 재주를 지녔는지 알아보기 위해 가벼운 가르침을 내리려 하셨을 뿐인데 저놈이 온갖 비열한 수단과 꼼수로 사숙조를……."

"……?"

이번엔 외수도 놀랐다. 사람을 앞에 앉혀놓고 저토록 뻔뻔하게 거짓말을 늘어놓는 백도헌이 기가 막혀서 아예 말조차 나오지 않을 지경이었다.

"그래서 사숙께선? 사숙께선 어찌 되셨단 말이냐?"

"놈의 몽둥이에 맞아 혼절을……."

"……?"

충격에 정신마저 혼미해지는 문여종.

"그, 그만! 으드드득!"

두 주먹을 움켜쥔 문여종은 온 사지가 다 떨렸다. 사문의 존장이 어린 풋내기에게 당했다는 말을 다른 이들이 있는 앞에서 듣고 있는 현실을 참을 수가 없었다.

폭발하는 살기. 문여종의 성난 눈이 죽일 듯이 백도헌을 내려 보다 천천히 외수를 돌려졌다.

"네놈, 무슨 짓을 한 것이냐?"

"……."

멀둥히 올려보는 외수. 너무도 기가 막혀 도리어 화가 치밀 정도였다.

"대답도 하기 싫군. 자기 제자의 말이라고 그대로 믿어버리는 멍청한 사람에게 무슨 말을 해!"

쓰릉! 슈욱!

문여종이 검이 사정없이 뽑혀 외수의 눈앞에 겨누어졌다.

"이놈, 어서 말하지 못하겠느냐? 네놈이 한 짓을 낱낱이 고하지 않는 한, 여기서 한 발짝도 움직일 수 없다!"

외수가 콧방귀를 꼈다.

"나이 먹은 사람이나 안 먹은 사람이나 어쩌면 하는 짓이 이리도 한결같을까. 기가 차서 말이 나오질 않는군. 꼼수? 수단이라고? 지금 당신이 저 비열하기 짝이 없는 백도헌이란 인간이 지껄인 말을 그대로 받아들이면 그 담사우란 영감이 꼼수, 수단 따위가 통하는 그저 그런 인간이라 인정하는 것과 무엇이 다르지?"

"뭐, 뭐야?"

날카로운 반박에 이러지도 저러지도 못하고 주저하는 문여종이었다.

외수가 검을 들고 거침없이 일어났다.

"보여주지. 아직도 정신 못 차린 당신 제자가 얼마나 비굴하고 비겁한지!"

그러자 무릎을 꿇고 있던 백도헌이 기겁을 했다.

"뭣 하는 것이냐? 앞에 무림의 명숙들 계시는 것이 보이지 않느냐?"

"무림? 명숙? 내게 그런 것들이 통한다고 생각하는 것은 아니겠지, 백도헌?"

매서운 표정의 외수가 당장 검을 뽑아 휘두를 기세로 다가섰다.

"이놈, 저리가라! 저리 가!"

혼비백산한 백도헌이었다. 매화검선 담사우를 몽둥이 하나로 두들기던 그날의 기억을 떨치지 못하고 있기 때문이었다. 그날 이후 백도헌에게 궁외수는 생각만 해도 사지부터 오그라드는 공포였고, 지금 이 순간 악마로 보일 수밖에 없었다.

"사백! 사숙! 살려주세요. 저놈 좀 말려……!"

후다닥 도망치듯 일어나 사문 사람들을 붙잡고 늘어지는 백도헌.

더 이상 화산파의 치부를 보일 수 없는 문여종이 백도헌을 쫓는 외수를 향해 검을 뻗었다.

슈욱!

다시 앞에 겨누어진 검 때문에 외수는 더 나아가지 못했다.

문여종을 노려보는 외수.

"당최 두려움이 없구나. 이 많은 군웅들 앞에서도 함부로 날뛰다니!"

"내가 당신들을 두려워할 이유가 있어? 오히려 꽁무니를 뺀 자는 저기 있는데!"

"……."

문여종은 당황스러웠다. 쫓겨 도망친 사문의 제자. 이런 굴욕도 없었다.

당혹스러워하는 것은 같이 있는 공동파, 청성파, 무림맹 사람들도 마찬가지였다. 모두 이 황당한 상황에 백도헌만 보고 있었다.

외수가 다시 못을 박았다.

"다시 말하지만 시비는 항상 당신들이 걸었고 난 받아줬을 뿐이야. 매화검선이란 영감이 사라졌든 말든 그건 당신네 사정이고, 잡아 족치고 싶으면 당신네 제자부터 잡아! 설마 스스로 잠적한 것까지 책임지라고 하는 건 아니지?"

"……."

문여종은 대꾸를 할 수가 없었다. 혼자라면 어떡하든 궁외수를 계속 압박했겠지만 보는 눈들이 있어 그럴 수도 없었다.

외수가 더 볼일 없단 듯 돌아서 자신의 자리로 가 앉았다. 귀찮고 상종하기 싫단 표정이 온몸으로 흘렀다.

모멸감에 떠는 문여종. 터지지 못한 그의 화는 고스란히 백도헌에게로 향했다.

"이런 등신 같은 놈!"

"사, 사백?"

짜악!

온몸이 돌아가 엎어질 정도로 따귈 후려갈기는 문여종.

"꼴도 보기 싫다! 사백이라 부르지도 마라! 못난 놈!"

사숙 담사우가 치욕을 당했다는 것도 견디기 힘들었지만 이 순간 아무것도 할 수 없다는 게 더 화가 나는 문여종이었다.

이 상황에 실망하고 있는 건 공약지도 마찬가지였다. 무언가 한바탕 사달이 나서 궁외수를 잡아 족쳐 주길 기대하고 있었건만 아무것도 못 하고 끝날 분위기 아닌가. 슬슬 짜증이 나는 그였다.

그때 청성파의 오범양(吳範洋)이란 자가 공약지에게 물음을 던졌다.

"그런데 같이 있는 여인은 누군가? 극월세가의 편 가주인가?"

오범양의 눈길이 사뭇 조심스러웠다. 사실 그는 궁외수와 같이 있는 그녀를 더 주의 깊게 보고 있던 중이었다. 아무래도 극월세가의 가주라면 이렇게 함부로 할 장면이 아닌 탓이었다.

"아니오. 현상금 사냥꾼 노릇을 하는 철랑 조비연이란 아입니다."

"현상금 사냥꾼?"

오범양이 뜻밖이란 듯 다시 비연을 확인했다.

오범양뿐 아니라 무림맹의 다른 사람들도 의외의 대답에 비연을 주목했다.

한데 갑자기 격한 반응이 일어났다.

"무어라? 누구? 철랑 조비연?"

소리까지 지르며 놀라움을 표출한 사람은 공동파의 무허였다.

"왜 그러십니까, 무허 도장?"

"공 문상, 저 아이가 정말 철랑 조비연이 틀림없는가?"

의심스럽단 눈초리의 무허.

"그렇소. 자기 입으로 그리 말했었소."

조비연과도 원한을 쌓은 공약지였기에 대답을 하면서도 무허의 기색을 빠짐없이 살폈다.

그때 무허가 한걸음 앞으로 나서며 비연을 다시 한 번 유심히 훑었다.

"이상하군. 전해들은 것과는 전혀 다른 사람 아닌가? 잘못된 것이었던가?"

혼자 하는 말처럼 지껄이며 고개까지 갸웃하는 무허 도장. 그는 짐짓 지엄한 표정을 하고 물었다.

"네가 정말 구암의 제자 철랑 조비연이냐?"

비연은 대꾸하지 않았다. 그저 비어버린 술잔을 내려놓고 천천히 술을 채울 뿐이었다.

외수가 슬그머니 비연을 돌아보고 그녀의 기색을 살폈다. 전혀 상종하고 싶지 않은 듯한 그녀의 눈치.

심기가 상한 무허가 다시 소릴 질렀다.

"네 이년! 감히 사문의 존장이 하문을 하는데 고개조차 들지 않다니! 당장 일어나 머릴 조아리지 못하겠느냐. 그동안 우리 공동파가 네년을 찾아 백방으로 수소문하던 중이었느니라!"

느닷없이 터지는 호통.

술잔을 입으로 가져가던 조비연이 그제야 쓴웃음을 지었다.

"푸홋, 웃기는군. 누가 사문의 존장이고 날 찾긴 왜 찾았다는 거지?"

"뭐야? 네 스승이 말하지 않더냐? 네 스승 구암이 본 파의 제자였던 사실을!"

"당연히 알지! 그래서 뭐? 당신들이 내쫓은 파문제자 아니었던가?"

"그렇다! 똑똑히 잘 알고 있구나!"

"그런데? 사부 이름은 왜 입에 담고, 날 찾았던 이유는?"

"몰라서 묻는 것이냐? 파문제자가 버젓이 본 파의 무공과 무기를 사용하고 있으니 그 죄를 물으려는 것이다!"

"뭐?"

어이없단 반응으로 돌아보는 비연.

"어린 것이 어디서 몰랐다는 듯 눈을 부라리느냐? 구암이야 이미 죽었으니 어쩔 수 없다만 그 제자인 너의 비도술과 비도는 응당 본 파가 회수할 것이다."

"푸흐흐흐! 호호호!"

비연이 술잔을 내려놓으며 비웃음 가득한 폭소를 터트렸다. 그리곤 무허를 째려보며 험한 말로 받아쳤다.

"당신 이름이 무허라고 했던가? 공동파? 나 참 어이가 없어서. 정말 개수작도 골고루 하는군."

"뭐, 뭐야?"

"이봐, 늙은이! 월령비도가 탐나면 탐난다고 해! 어디서 사문 같은 개소리를 들먹이며 사기를 치려고 해?"

"네년이 미쳤구나! 감히 사문의 존장을……?"

참다못한 비연이 소릴 질렀다.

"야!"

탁자까지 내려치며 벌떡 일어난 비연.

"계속 개수작 피울래? 네놈들 말대로 사문이고 존장이고 들먹이려면 지금 이 자리에서 대가릴 처박고 조아려야 하는 건 네놈들이지!"

"뭐야?"

"내 스승은 너희들이 태어나기도 전에 입문했던 사람! 내가 그의 제자이니 아마 네놈들 사고(師姑)뻘 정도 되겠네. 어때, 계속 지껄여 볼 테냐?"

현상범을 상대해온 거친 성격 그대로 거침없이 화를 폭출하는 비연이었다.

"네 이년! 한때나마 사문의 은혜를 입었던 자로서의 예의를 갖추라는 것이다!"

"웃기고 자빠졌네. 사부의 가슴에 한만 남긴 것들이 뭐? 예의? 확 뒤집어 엎어버리기 전에 꺼져! 지금 억지로 참고 있는 중이니까!"

정말 꽉 움켜쥔 비연의 손은 분노에 달달 떨고 있었다.

무허가 뒤의 일행들에게 눈짓을 하곤 곧바로 검을 뽑았다.

"네년이 뭐라 해도 좋다. 그러나 엄연히 구암은 본 파에 적

(籍)을 두었던 제자였고, 그의 비도술은 본 파의 무공을 바탕으로 시작된 것이다. 네년이 스스로 무공을 폐하고 비도를 내놓지 않겠다면 강제로 폐하고 회수하는 수밖에 없다! 어쩌겠느냐?"

"호호, 그래. 그게 본심이겠지!"

기다렸다는 듯이 칼을 집어든 비연이 무허와 그 외 공동파 사람들을 향해 거침없이 칼을 뽑아 겨누었다.

"어디 빼앗아 가봐! 월령비도술이 어떤 무공인지 네놈들 목에 비도를 하나하나 박아 넣어가며 직접 보여주지! 그때 가서도 너희 공동파에서 비롯된 무공이란 추잡한 주장을 할 수 있는지 보겠어!"

거친 무림을 살아온 여인답게 거침이 없는 그녀였다.

"발칙한 것! 감히 뿌리에 대한 은혜마저 부정하다니. 용서할 수 없다!"

마치 기회를 잡았다는 듯이 살기를 피워 올리는 무허.

그때 외수의 폭소가 일촉즉발 팽창하는 분위기를 한순간에 박살냈다.

"푸하하하! 푸하하하핫!"

당연히 모든 눈들이 외수에게로 붙었다.

배까지 쥐고 웃어대는 외수. 비연 역시 멀뚱한 표정으로 쳐다보았다.

"뭐야. 왜 그래?"

"아, 비연 미안! 너무너무 웃기는 상황이라 참을 수가 없어서 말이야. 아하하, 하하하! 살다 살다 이런 웃기는 경우는 처음 보는군. 지금까지 내가 들어본 궤변 중에 단연 최고의 개소리야! 푸하, 푸하핫핫!"

외수가 계속 폭소를 이어가자 비연도 참지 못하고 피식피식 같이 웃음을 흘렸다. 생각해 보면 정말 웃기는 상황인 것이다.

그 바람에 무허를 비롯한 공동파 사람들은 안면이 시뻘게졌다. 이 긴박한 상황에 웃음이라니, 모멸감을 견디기 힘들었다.

"네 이놈!"

악에 받친 무허의 고함. 공력이 실려 객잔 전체가 쩌렁쩌렁했다.

그 순간 웃음을 뚝 그친 외수가 싹 바뀐 표정으로 노려보며 비난했다.

"이봐, 부끄럽지 않아? 뿌리와 은혜? 당신들 구암이란 사람 알아? 아니, 그가 생존해 있다면 지금 아흔을 훨씬 넘긴 나이일 텐데 당신네 문파에 그를 기억하는 사람이 있기나 해?"

"……."

말문이 막힌 무허. 외수가 더 몰아붙였다.

"어린 나이에 내쫓았다면서. 뿌리라고, 은혜라고 말한 만한 무언가를 주었다면 그 증거를 보고 싶군. 당연히 월령비도술의 바탕이 된 비슷한 비도술이 공동파에 있겠지?"

"……."

"크큭, 비도술 따윈 잡술이라며 내쫓아 떠돌이로 살게 해놓고 그가 평생에 걸쳐 이룩한 것이 알려지기 시작하자 그의 제자를 다그쳐 비도술과 비도를 내놓으라고? 이거야말로 날도둑 심보, 개수작이 아니고 뭐냔 말이지. 간교한 인간들! 너희들이 예의 찾고 정의 운운하는 무림이란 곳이 원래 이래?"

무허의 얼굴은 점점 새빨갛게 물들어갔다.

"으드득, 용서하지 않겠다!"

"가관이로군. 추악한 그 면상! 역겨워서 더 보고 있을 수가 없어!"

"이, 이놈!"

급기야 무허가 폭발했다. 주변에서 제지할 틈도 없는 쾌속한 운신. 원래 행운유수(行雲流水), 비천신보(飛天神步), 이형환위(移形換位) 등 뛰어난 신법을 자랑하는 공동파 아닌가. 무허의 신형은 눈 깜짝할 사이에 외수 앞에 육박했다.

츄욱!

목을 향해 뻗는 검. 극월세가 편가연과의 인연이나 다른 것으로 따져도 이미 함부로 하기엔 무게감을 가진 외수였건만 그것을 잊을 만큼 무허의 흥분과 분노는 거침이 없었다.

무허가 검을 내치던 그 순간에 구석 자리의 세 사람, 벽사우와 역수, 풍미림도 움찔했다. 관여하지 말고 지켜보기만 하라던 교주의 명이 있었지만 반사적으로 일어날 뻔했을 만큼 무허의 검공이 위협적인 탓이었다.

[미치겠군.]

어깨를 들썩였다 다시 가라앉힌 벽사우. 그리고 그보다 아예 칼을 뽑으려 손잡이를 잡아갔던 흑사신 역수도 인상을 찌푸린 채 머리를 처박았다.

다행히 모두가 무허와 궁외수에게 집중되어 있던 탓에 그들의 반응을 눈치챈 자는 없었다.

[젠장, 어떡해야 해?]

역수의 짜증 섞인 전음에 귀영천사 풍미림이 대답했다.

[어떡하긴. 놔둬야지. 지켜보는 수밖에 더 있어?]

[그러다 소교주 목이라도 떨어지면 어쩌려고.]

[그래도 교주 명이잖아. 너, 교주 명을 어길 자신 있어? 그가 그러라고 했으면 그렇게 하면 될 뿐이야. 다른 이유가 있겠지. 둘 다 절대 끼어들 생각 마! 난 소교주 목보다 교주 손에 내 목 떨어지는 게 더 무서우니까! 알겠어?]

[끙, 알겠소!]

자기들끼리 다시 머리를 처박은 채 모른 척 외면하려 애쓰는 세 사람. 그렇지만 신경은 이미 날카롭게 일어서 날아간 상태였다.

콰악! 와장창창!

내질러간 무허의 검이 커다란 물체에 가로막히며 박혀들었다.

탁자였다. 외수가 일어서는 것과 동시에 탁자를 들어 앞을 막은 것이었다.

그 바람에 쏟아진 술병과 술잔, 접시들이 바닥으로 엎어지고 깨지며 가로막힌 무허를 더욱 짜증스럽게 만들었다.

하지만 무허의 참변은 그 순간부터 시작이었다. 박힌 검을 뽑기는커녕 탁자 아랫부분 모서리가 두 다리 정강이를 때린 것이었다.

말로 표현할 수 없는 고통. 무허가 스스로 차라리 다리가 부러져 버렸으면 고통이 그와 같지 않을 것 같다고 생각할 만큼 엄청난 고통이었다.

비명조차 나오지 않았고 전신이 마비된 듯 몸과 정신이 한순간에 와해됐다.

"끄……."

무너진 자세. 검을 잡고 있기는커녕 발을 옮길 수도 없어 무허는 비틀거려야만 했고, 그대로 고꾸라져 울고 싶은 심정

뿐이었다.

그때 다른 물체가 무허를 덮쳤다.

이번엔 의자였다.

탁자 아랫부분을 걷어차 무허의 정강이에 고통을 유발시킨 외수가 자신의 의자를 들어 내리찍은 것이었다.

정상적인 상태였으면 막거나 피했을 것이었다. 하지만 보고서도 피할 수 없는 참담함이란.

쾅!

탁자에 박힌 검을 뽑을 여력은 없었고 반대편 팔을 들어 막긴 막았다. 머릴 보호하기 위한 본능적이고 반사적인 행동이었다.

그러나 그게 무슨 소용이랴. 무허는 지금까지 한 번도 느껴보지 못했던 충격과 아픔을 온몸으로 떠안아야 했다.

팔은 물론, 머리와 어깨, 등짝. 내려찍힌 의자가 박살이 나 흩어질 정도의 엄청난 파괴력.

그 순간 무허는 바닥에 패대기쳐지듯 고꾸라졌지만 의식까지 잃진 않았다. 그래서 더 비참한 순간이었다. 돌 맞은 개구리처럼 뻗어 사지를 떨어대는 흉한 몰골. 엎어진 채 지금 무슨 일이 일어났는지 믿지 못하는 눈만 뒤룩거릴 뿐이었다.

그 한 장면으로 모두에게 던져진 충격은 어마어마했다. 공동파 이대제자들 중 최고 배분이며 연로한 일대제자들에 이어 곧 문파를 이끌어가야 할 주요 인물이, 그것도 피가 튀는 격전이나 사투를 벌인 것도 아닌 상황에서 다시 일어나 반격을 할 수도 없을 만큼 무참한 꼴로 뻗어버렸다는 게 모두의 머릿속을 하얗게 만들고 있었다.

오연히 서서 내려다보는 궁외수.

그 예상치 못한 대처와 움직임, 그리고 상대를 조금도 고려치 않은 단호함에 비연도 휘둥그레진 채 보고 있었고, 눈치껏 상황을 주시하던 구석 자리 세 사람도 커다래진 눈으로 놀라움을 표현하고 있었다.

[어떻게 된 건지 설명해 줄 수 있는 사람?]

풍미림의 말에 벽사우가 웅얼거렸다.

[찌, 찍어버렸소!]

[어떻게?]

[탁자를 집어 검을 막고, 막은 탁자 아랫부분을 걸어차 상대 정강이를 찍어버린 다음 의자를 휘돌려 퍽! 그랬소!]

[그래, 내가 본 게 맞군. 그런데 저런 임기응변 본 적 있어?]

[아니오. 없소. 나라면 칼부터 뽑았을 거요.]

[그래, 탁자와 의자 따위론 무기가 될 수 없으니. 접근을 방해하기 위해 탁자를 걸어찼을 순 있겠지만. 흐.]

[한데 자기 검은 손도 안 댔고 앉아 있던 의자로 끝을 냈소. 저 도사 놈의 무위가 결코 헐렁한 것이 아닌데 말이오. 누, 누

님, 실력이겠죠?]

[……?]

풍미림이 대꾸를 못 했다. 처음 보는 소교주의 싸움. 실력
이라고 믿고 싶을 뿐이었다. 그게 아니라면 지금부터 가만있
지 않을 일행들과의 싸움이 우려스러운 탓이다.

"사, 사형!"

"무허 사백님?"

공동파 사람들이 너도나도 튀어나왔다. 외수의 발아래 뻗
은 무허를 부축하려 달려드는 사람도 있고, 외수를 향해 검을
뽑아드는 자들도 있었다.

외수는 그러든 말든 신경조차 쓰지 않는단 듯 멀거니 보고
만 있었다.

"사형?"

무허를 끌고 가 상태를 살피는 자들. 그제야 정신을 가눈
무허가 빽 소리를 질렀다.

"비켜라!"

머리가 터져 피를 흘리면서도 억지로 일어서는 무허였다.
육신의 고통이 가시지 않았지만 자존심이 그리 만들었다.

그러나 의지와 달리 상태는 엉망이었다. 두 다리는 간신히
버티는 정도였고 머리를 가리려 들어 올렸던 팔과 손목은 곳

곳이 부러졌는지 마음대로 움직일 수도 없었다. 뿐만 아니라 목과 등짝도 온전하지 않았다.

분을 견딜 수 없는 무허였다. 머잖아 퇴진할 일대제자들의 자리를 대신해 사문 최고 배분으로 올라서 공동파의 새로운 세대를 이끌 자신이 고작 후기지수 대회에나 참가했던 어린 놈에게 이 같이 말도 안 되는 꼴을 당했다는 게 미칠 것만 같았다.

탁자와 의자라니. 고작 그따위 대응에?

무허는 결국 극단적인 명령을 내리고 말았다.

"저, 저놈을 죽여! 당장!"

훈계 차원의 응징으로 혼쭐만 내주려던 생각은 아예 머릿속에서 날아가고 없었다. 극월세가와 연관된 궁외수의 신분조차도 전혀 고려치 않은 명령.

같이 온 동배분의 사제들과 제자들이 주춤했지만 무허의 명령을 무시할 순 없었다. 그들도 상대의 신분보다 무허의 굴욕이 더 크게 와 닿았고 또한 공동파 전체의 위신 문제라고 판단했기 때문이다.

"네 이놈!"

십여 명 공동파 인물들이 궁외수를 공격하려는 그 순간 속으로 환호를 하고 있는 자는 구경꾼처럼 선 무림맹 공약지와 화산파 문여종이었다.

비록 무허가 당했다고는 하지만 그것은 흥분을 다스리지 못해 일어난 한순간의 방심이라 받아들이는 두 사람이었다.

예로부터 강맹하고 살기 짙은 무공을 시전하기로 유명한 공동파 아닌가. 그들이라면 제아무리 날고 기는 재주를 가졌어도 눈엣가시 같이 짜증스럽고 꼴도 보기 싫은 궁외수를 처단할 수 있을 거란 확신이 있었다.

그때 조비연이 달려드는 자들을 향해 고함을 지르며 막아섰다.

"멈춰, 이 등신들아!"

싸움을 막으려는 비연의 다급함이었다. 궁외수의 무위와 성격, 그가 가진 폭발력과 대처하는 자세를 알기에 격돌이 벌어지면 어떤 결과가 빚어질지 빤했기 때문이다.

"무슨 짓이야? 정말 돌이킬 수 없는 상황을 만들고 싶어?"

"비켜라, 이년! 감히 어딜 끼어드느냐? 돌이킬 수 없는 상황은 이미 벌어졌다. 놈을 단죄한 후에 네년도 용서치 않을 것이다!"

"뭐, 뭐야?"

난감한 비연이었다. 자신도 화가 나고 성질대로 해버리고 싶긴 했지만 외수가 공동파란 대문파와 얽혀 문제를 안고 가게 할 순 없었다.

비연은 자신의 칼을 쳐들었다. 이 싸움은 자신이 떠안아야

했다. 크게 다치는 일이 있어도 어느 쪽이든 죽는 일만은 피해야했다.

"좋아! 내 문제다. 내가 해결하겠다!"

"이년이!"

십여 명 공동파 사람들이 외수뿐 아니라 비연까지 그대로 단죄하겠단 듯 일거에 덮쳤다.

비연이 월령비도까지 운용해 맞설 태세로 맞부딪쳐 가려는 그때, 외수의 손이 그녀를 옆으로 슬그머니 밀어냈다.

바닥에 떨어져 있던 검을 어느새 주워 든 외수였다.

"……?"

비연이 대처할 틈이 없었다. 꽉 다물어진 입. 아주 차갑고 냉정하게 얼어붙은 눈매. 살의를 갖고 덮쳐오는 자들에겐 똑같이 살의로 맞서겠단 의지가 너무도 뚜렷한 그가 번쩍 살기를 번뜩이는가 싶더니 검을 뽑는 소리와 함께 앞으로 튀어나갔다.

"자, 잠깐!"

비연이 붙잡으려 손을 뻗었지만 이미 외수는 지나간 뒤였다.

콰쾅!

날아드는 십여 개의 검을 향해 몸을 던진 외수.

비연이 우려했던 상황은 너무도 빠르게 벌어지고 말았다.

퍽! 카앙! 퍽퍽! 콰앙! 쾅쾅쾅!

비연은 눈앞에서 펼쳐지는 광경에 넋이 빠지고 말았다.

"크아악!"

"아악!"

비명 따윈 아무것도 아니었다. 뿌려지는 섬광에 쪼개지는 육신. 거기에 쏟아지는 피!

외수는 무극검의 묘용을 조금도 아끼지 않았다. 자신을 위협하는 도검이 날아드는 곳이라면 어느 방향이든 검린을 발출했고 그 신묘한 작용을 알지 못한 공동파 사람들은 그대로 떠안아야만 했다.

비좁고 거치적거리는 것이 많은 객잔 안. 그러잖아도 사정없이 검을 휘둘러대는 외수이고 보면 공동파 사람들에겐 더욱 치명적이었다.

당하는 공동파 사람들뿐만이 아니었다. 둘러섰던 청성파 사람들이나 화산파 사람들, 그리고 공약지를 위시한 무림맹 사람들도 마구 뻗어오는 검린에 놀라 몸을 웅크려야 했다.

입이 떡 벌어져 버린 공약지와 화산신검 문여종은 예상도 못 한 당최 믿을 수 없는 광경에 경악을 금치 못했다.

이처럼 거침없는, 이처럼 잔혹한 대응을 해올 것이라고 누가 상상할 수 있었을까. 상대는 무당파보다도 더 오랜 역사를 이끌어온 공동파의 명숙들이고 서로 적이라고 할 수도 없는

관계에서 이처럼 잔인하기 짝이 없는 혈겁(血劫)을 벌일 줄이
야.

거기다 전혀 예상 못 한 엄청난 무위. 괴이한 검의 신묘한
작용이 있었다고 해도 너무나도 충격적이지 않은가.

어떻게 저럴 수 있는 것인지. 이제 갓 스물을 넘긴 나이에
무공의 근원조차 알 수 없는 인간이 어디 동네 허접한 양아치
들을 상대하는 것도 아니고 공동파 이대제자들이나 되는 사
람들을 눈 깜짝할 사이에 쓸어버리는 이 같은 무지막지한 공
력이라니.

극월세가에게 자신도 당한 적이 있지만 그땐 얼떨결에 당
한 일방적인 상황이었고, 설마 이런 무위를 갖고 있는 끔찍한
인간이라곤 상상도 못한 일이었다.

"문 대협, 이게 어떻게 된 일입니까? 저, 저놈의 무력이 어
찌⋯⋯?"

정신이 없는 공약지가 중얼거리듯 문여종에게 던진 말이
었다.

하지만 문여종이라고 다를까.

"글쎄 나도⋯ 남궁세가에서 이 정도는 아니었는데. 그때
억지로 이기던 놈의 모습과 너무 달라서⋯⋯?"

"이제 어찌해야 되는 것이오? 우리가 나서서 저놈을⋯⋯?"

"⋯⋯."

이번엔 화산신검 문여종이 대답을 못 하고 입을 다물었다. 무엇이든 그 역시 엄두가 나지 않는 것이다. 학살이나 다름없는 충격도, 궁외수의 무위도.

공약지는 머릿속이 하얗게 비워지고 시야마저 흐려지고 있었다. 심지어 덜덜 몸까지 떨릴 지경이었다.

그때 얼이 빠져 있는 그의 귀를 얼얼하게 만드는 고함이 터졌다.

"공 문상! 이게 어찌된 일인가? 왜 말리지 않고 보고만 있는 게야?"

가느다란 대나무 지팡이에 흉한 거지꼴 행색으로 다가서 화를 내며 다그치는 사람. 무림맹 일원으로 개방의 장로인 '동각타(東脚駝)' 란 인물이었다.

그는 이 상황에서 유일하게 제정신을 유지하고 있는 사람이었다.

"동 장로, 보시다시피 말릴 틈이……?"

"갈(喝)! 지금이라도 말려야지!"

답답하단 듯 고함을 지른 그가 싸움판으로 돌아섰다. 당장이라도 뛰어들 태세. 하지만 그 역시 쉽게 떨어지지 않는 발이었다. 끼어들 틈조차 보이지 않게 되어버린 너무나도 무자비하고 끔찍한 싸움.

학살을 자행하는 악귀가 날뛰면 이럴까. 무위도 무위려니

와 조금의 거리낌도 없이 검을 휘두르는 궁외수는 그야말로
공포가 따로 없었다.

누구든 달려들고 싶으면 그러라는 듯, 모조리 베어주겠다
는 듯, 팔다리가 잘려 떨어지고 머리통이 날아가고. 그것도
모자라 그는 상대의 몸뚱이 전체를 두 번 세 번 쪼개놓으며
죽음을 확인하고 있었다.

"이런 끔찍한 인간이……?"

동각타가 뛰어들려 할 때 그보다 먼저 뛰어든 자가 있었다.

조비연이었다.

"궁외수, 멈춰!"

카앙, 쾅!

비연의 칼이 힘겹게 외수의 무극검을 막았을 때에야 외수
가 움직임을 멈추었다.

하지만 이미 끝이 난 싸움이나 다름없었다.

순식간에 십여 명을 쓸어버린 궁외수. 비연은 널브러진 자
들과 그들이 쏟은 피, 떨어져 나간 신체 부분들을 보면서 말
을 잇지 못했다.

서 있는 자는 겨우 한 사람뿐이었고 그 역시 이미 부상을
당한 채 비척비척 뒷걸음질을 치고 있었다.

혼란스러운 비연. 이렇게 빨리 끝나 버릴 줄은.

자신이 짐작했던 무력 수준보다 훨씬 놀라운 외수의 무위

였다. 그가 비록 무림삼성이란 엄청난 인물들과 싸운 적도 있다지만 그야말로 무참한 꼴을 당하지 않았던가?

그런데 이처럼 공동파 고수들을 한순간에 쓸어버릴 만큼 압도적인 무위라니. 거의 낭왕이나 검왕 등 의천육왕에 버금가는 절대고수가 아니고서는 얻어질 수 없는 결과. 그가 정말 그 정도의 수위에 이르렀다는 뜻인가.

"왜 막아? 비켜!"

쓰릉!

외수가 팔을 크게 휘둘러 자신의 검을 차단한 비연의 칼을 걷어냈다.

"자, 잠깐!"

아예 외수의 팔을 붙드는 비연.

"왜?"

돌아보는 외수의 표정이 더 없이 삭막했다.

"그… 만해!"

외수가 잠시 쳐다본 뒤 뜻밖에도 순순히 고개를 끄덕였다.

"알았어. 놓고 물러서!"

비연은 더 이상의 참극은 이어지지 않을 걸 믿고 붙잡은 팔을 놓아주었다.

그런데 외수가 정면에 주저앉아 있는 무허 도장 앞으로 가 무극검을 겨누었다.

"이, 이놈… 이 악마 같은 놈!"

확연히 겁을 집어먹은 목소리.

"이봐, 어때? 아직도 월령비도가 너희 것이라고 생각해?"

"……."

무허가 대답을 못 하고 노려보기만 했다.

그러자 외수의 검이 물러서는 자에게로 향했다.

"네가 대답해 봐!"

검이 자신을 가리키자 흠칫 놀라 주저앉아 버리는 젊은 도사. 공동파 삼대제자쯤으로 보이는 그는 오줌이라도 지릴 듯 공포에 질린 모습으로 떨기만 했다.

그때 무허가 악을 썼다.

"이놈, 네가 지금 무슨 짓을 했는지 아느냐?"

"알아! 싸웠잖아. 뭐가 잘못됐어?"

"……."

"물음에 대답이나 해!"

"이 미친놈아! 감히 공동파 제자들을 살해하고 무사할 줄 알았더냐?"

"대답하기 싫어? 싫은 모양이군."

"오냐. 똑똑히 새겨주마! 파문제자 구암의 비도술과 비도는 반드시 우리 공동파가 회수하고 처리해야 할 문제다!"

"그래?"

반문을 하는 외수의 눈초리가 삐딱하게 꺾이는가 싶었다. 그 순간 그의 검이 같이 쳐들렸고 일말의 망설임도 없이 무허를 향해 내려쳐졌다.

퍽!

두 눈 멀쩡히 뜬 채 쪼개지는 무허의 머리통.

외수가 무서운 눈으로 내려다보며 이죽거렸다.

"끝까지 개소리로 마지막 살길을 놓치는군."

소름 끼칠 정도의 단호함. 눈 하나 깜빡하지 않고 공동파 최고 배분 이대제자를 죽여 버리는 무모함.

공약지, 문여종, 그리고 비연까지 이 놀라운 장면을 받아들이지 못했다.

그런데 외수는 거기서 그치지 않았다. 쓰러져 아직 숨이 붙어 있는 자들을 향해 검을 겨누고 뇌까렸다.

"또 개소리 지껄이고 싶은 놈!"

낮았지만 또렷하게 울려 퍼지는 목소리. 마치 앞쪽에 둘러선 다른 자들까지 윽박지르는 것 같았다.

침묵만이 깔렸다. 너무도 무거운 침묵이라 되레 무언가 펄펄 끓고 있는 느낌이었다.

그때 동각타가 나섰다.

"네 이놈! 이게 무슨 짓이냐? 네가 지금 무슨 저질렀는지 아느냐?"

무허가 했던 말과 똑같은 말.

외수가 힐끔 눈을 들었다. 그러자 그 눈매에 움찔한 이들이 빼들고 있던 검을 내밀며 본능적으로 대응할 자세를 취했다.

"웬 거지신가?"

"개방의 동각타라고 한다!"

"보지 못했소? 죽이려 도발하는 자들에게 똑같이 응수했을 뿐. 하고 싶은 말 하시오!"

"천하를 모르는구나. 이 일이 불러올 재앙과 파장을 어찌 생각 못 하느냐. 공동파는 물론, 무림맹을 비롯한 천하 각 문파의 분노를 어찌 감당하려느냐?"

"분노? 무엇 때문에? 그럼 일인전승(一人傳承)의 비전(秘傳) 무공과 비전 무기까지 탈취하려는 더러운 날강도 짓도 모자라 살의를 갖고 공격한 자들의 검에 내가 목을 늘인 채 얌전히 죽었어야 한단 말이오?"

"갈(喝)! 이렇게 참극을 빚지 않을 수도 있지 않았느냐. 보아하니 네 무력이라면 능히 응수만 하는 것으로도 가능했을 일! 어찌 악마처럼 이리 잔인할 수 있단 말이냐?"

"흥! 한 놈씩이었다면 어쩌면 그게 가능했을지도 모르지. 하지만 난 여럿을 상대하는 방법을 몰라!"

"뭐, 뭐야?"

동각타가 어이없고 기가 막힌단 듯 잠시 말을 잃었다.

"우릴 바보로 아는 거냐? 너는 쓰러지고 있는 자에게까지 거듭 검격을 가했다. 이미 저항 불가 상태로 당한 상대를 말이다!"

"저항불가? 누가 그래? 당신이 확인했어? 그러다 그가 부지불식간에 살수라도 써오면?"

"……?"

"낭왕 염치우 대협이 어떻게 죽었는지 알아? 이미 끝장을 냈다고 여겼던 적이 인지하지 못하는 상황에 극독이 발린 비침을 쏘았기 때문에 죽었어! 나까지 그런 꼴을 당하고 싶지 않아!"

"……."

안면을 일그러뜨리는 동각타.

반면 외수는 노려보던 눈을 풀고 검을 거두며 말했다.

"내 행위가 악마적이라고? 그딴 소리 지껄이려면 애초에 자기부터 상대를 죽일 생각도 말고 칼을 들이대지도 말았어야지! 내가 이들의 도검에 벌집이 되어 죽었어도 그딴 소리할 거야?"

동각타는 여전히 대꾸할 말을 찾지 못하고 있었다.

"하나 물어볼까. 당신들도 비연의 비도술과 비도가 공동파의 것이라 생각해?"

"……."

대답을 못 하는 무리들.

"어쨌든 간에 너는 전 무림의 질타와 공격을 받게 될 것이다."

"후훗, 웃기는군. 맘대로 해! 내 대응은 언제나 똑같을 테니까!"

섬뜩하면서도 광오하기 짝이 없는 말. 천하 무림을 상대로 저 같은 말을 내뱉을 수 있다는 게 두려움을 느끼게 했다.

검을 수습한 외수가 더 볼일 없단 듯 비연을 돌아보곤 바깥을 향해 움직였다.

"가지! 안 그래도 더러운 기분 완전히 잡쳤어!"

거침없이 나가던 외수는 객잔 주인에게도 소리쳤다.

"주인장, 내 술값은 저 널브러진 자들에게 받으시오! 그들 때문에 다 깨졌으니."

계산대 뒤에 숨어 눈만 내놓은 주인이 대답까진 못하고 열심히 고개만 끄덕였다. 술값이 문제인가. 어서 가주기만을 바라는 심정뿐이었다.

"뭐해? 여기 있을 거야?"

"으응……."

외수가 다시 돌아보고 재촉을 했을 때에야 비연이 천천히 따라 움직였다.

두 사람이 완전히 나가도록 누구도 움직이지 않았다. 두 사람이 객잔 밖 말을 타고 멀리 떠났을 때에야 너도나도 달려들어 무참하게 널브러진 공동파 사람들을 살피기 시작했다.

유일하게 동각타만이 우두커니 서서 바깥을 응시하며 한탄을 토했다.

"어허, 재앙이로고. 이 변고를 어쩐단 말인가……."

머릿속에 여러 낱말들이 뒤엉키고 있는 동각타였다. 극월세가, 공동파, 무림맹…….

지금까지 상상조차 할 수 없었던 엄청난 사건이었다. 당장 공동파가 들고 일어날 것이고 무림맹을 비롯한 천하 군웅들이 동조할 것이었다. 어쩌면 이 자리에서 공동파를 도와 그를 처단하지 않고 떠나게 내버려 뒀단 이유로 자신들을 핍박할지도 몰랐다.

하지만 아무리 무림이라도 그는 세상으로부터 절대적 명망을 얻고 있는 극월세가의 인물이 아닌가. 편가연의 남편이 될 사람. 함부로 할 수 없는 이유인 것이다.

생각할수록 머리가 아픈 동각타. 이 변고를 풀어낼 방법이 떠오르지 않았다.

第三章

편무열의 무위

일단 팬다, 즉시 팬다, 반드시 팬다, 끝까지 팬다.

하여간 무조건 패고 본다. 죽을 때까지.

그게 지금까지 우리가 본 그놈의 싸움 철칙이야.

—무림삼성의 증언

[왜 말들이 없어?]

[말이 나오겠소? 그 엄청난 장면을 보았는데?]

[하긴. 똑같았지, 교주와?]

[조심해야 될 것 같소. 앞으로 소교주를 대할 땐!]

[그것보다 이제부터 바쁘게 생겼군. 이런 대형 사고를 쳐 버렸으니. 보고부터 해야겠지?]

[날 밝으면 보고합시다.]

"달빛이 곱군."

"그게 눈에 들어와?"

두 팔을 베고 벌렁 누운 자세의 외수가 비연의 대꾸에 픽 웃었다.

옆에 앉아 있으면서 쳐다보지도 않고 무성히 자란 풀만 뜯어 만지작거리고 있는 그녀였다.

"왜 그렇게 어두운 얼굴이야? 이 아름다운 달빛 아래 네 자태가 묻히잖아!"

"시끄러!"

"어이, 어쩌라고. 후훗, 이미 벌어져 버린 일인 것을."

"미친 자식! 그들이 어떤 자들인지 알지도 못하고."

푸념을 하는 비연의 기색은 점점 더 어두워졌다.

"어떤 자들인데?"

"지금까지 당하고 가만있었던 그들이 아니야. 특히 자신들의 제자가 당했을 땐 몇 배로 응징을 해온 그들이야. 널 잡으러 최소한 백여 명은 하산시킬 테고 그들에 대항하면 너는 그들뿐 아니라 전 무림 세력의 공적(公敵)으로 쫓기게 될 거야. 결국 죽게 되겠지."

"홍, 그 응징이란 말은 이 상황에 맞지 않는 것 같은데?"

"멍청이! 그게 상관있다고 생각해? 중요한 건 그들의 제자가 죽었다는 거야! 그것도 다른 문파 사람들이 지켜보는 앞에서 한둘도 아니고 모두 무참히!"

언성을 높이고 인상을 쓴 비연이었으나 화가 났다기보다 걱정을 하는 표정이었다.

"네가 떳떳한 건 아무런 소용이 없어! 그들은 자신들이 행하는 게 정의라고 믿고 자신들이 곧 법이라고 생각하는 자들이니까!"

"그렇다면 그 상황에 아무런 대응도 하지 않고 네 비도와 비도술을 빼앗겼어야 한단 말이야?"

"빼앗기지 않기 위해 살상을 하는 건 최후의 수단이었어야 했단 뜻이야! 그래야 찍소릴 못 하지!"

"늦었어!"

더 얘기하지 말란 뜻이었다.

잠시 입을 닫고 물끄러미 외수를 내려다보는 비연.

"내가 아니라 시시나 반야가 따라왔어야 했어."

"무슨 소리야?"

"그녀들이 같이 있을 때의 넌 다르니까."

갑자기 풀이 죽은 듯 고개를 떨군 비연이었다.

"너는 모를 수도 있겠지만 확실히 그녀들이 있을 때는 네 흥분이 조금이라도 다스려져! 아마 그녀들이 있었다면 오늘 같은 참극까지 빚어지진 않았을 거야."

"……."

물끄러미 쳐다보던 외수가 시선을 거두고 시시를 떠올렸

다. 자신도 알고 있는 사실이었다. 반야도 그리 말했었고 절대노인도 그리 말했었다.

신기하지 않을 수 없는 일이었다. 시시와 같이 있을 땐 차분해지고 반야와 같이 있을 땐 기분이 좋아지는 현상. 다른 어떤 누구에게서도 느끼지 못한 현상이었다.

"후후, 그럼 그녀들을 끼고 놈들을 맞이해 봐야겠군."

"그래. 앞으론 어딜 가든 그녀들을 꼭 끼고 다녀!"

힐끔 돌아보는 외수.

"그런데 왜 그렇게 침울한 표정이야?"

고개를 떨어뜨리고 있던 비연이 홱 돌아보고 도끼눈을 했다.

"그럼 이 상황에 웃고 있을까?"

"흐흐, 그만 자자! 걱정 말고! 네 비도를 그딴 도사 놈들에게 넘겨주는 일은 결코 없어! 그런 놈들보다 더 중요한 것들이 내게 아주 많이 걸려 있거든."

태평스런 외수.

비연이 말을 잃고 물끄러미 쳐다보기만 했다.

정녕 괴물 같은 인간. 수백 년 힘을 가진 무림 세력의 위협보다 자신이 한 약속이 우선이고 그것들을 지키지 못할까 봐 더 걱정하는 사내.

비연은 이런 괴물과 같이 할 때 혼자 걱정을 안고 있는 건

부질없는 짓이란 걸 바로 깨달았다.

"그래! 자자! 나중에 죽을 일 닥치면 꼭 너부터 죽어!"

"후훗, 그러지!"

비연이 길게 자릴 펴고 바로 옆에 벌렁 누웠다.

*　　　*　　　*

"가주!"

길가 바위에 느긋하게 앉아 기다리고 있던 편장우 앞에 다섯 명의 사내가 바쁜 걸음으로 달려와 머릴 조아렸다.

"가져왔느냐?"

"예, 여기!"

안면에 긴 흉터를 가진 곽추란 자가 주위를 조심스럽게 살핀 뒤 얼른 품속에서 봉투 하나를 꺼내 내밀었다.

"액수는?"

"원하는 만큼 내놓긴 했으나 불만들이 많았습니다. 언제까지 기다려야 하냐고."

"흥, 건방진 것들! 조급해하는 꼴들이라니!"

편장우가 안면을 구기자 편무열이 비린 웃음을 흘리며 그의 말을 받았다.

"후훗. 내버려 두십시오, 아버지! 어차피 나중에 우리의 충실한 자금줄로 지금보다 더 활용될 놈들이 아닙니까.”

“그래. 지금은 그저 나눠먹을 생각들만 하고 있겠지.”

“흐흐흐, 나눠주긴 해야겠죠. 그다음에 지배하면 되니까!”

“옳은 소리! 그들뿐 아니라 나머지 놈들도 모조리 우리 발밑에서 기게 만들어야지.”

만면에 미소를 지은 편장우가 천천히 일어서며 다시 곽추란 사내를 보았다.

“백수 측 움직임은 어떠하냐?”

“대공자님의 신위에 혼쭐이 난 것인지 확연히 이전과 다른 자세로 임하고 있습니다. 아마도 곧 적지 않은 살수들을 보내 결딴을 내려는 듯했습니다.”

“멍청한 것들! 이제야 말귀를 알아들었군. 좋아, 그럼 됐고… 우리도 슬슬 가볼까.”

압도적인 체구를 자랑하는 큰 덩치에 어깨에 힘까지 들어간 편장우가 남쪽 방향으로 걸음을 놓았다. 그가 향하는 곳은 바로 자신의 동생 편장엽이 쌓아올린, 천하제일의 성채 극월세가였다.

길 자체가 아름다운 곳이었다. 원래 낙양과 영흥은 거리도 가까울뿐더러 그 사이 오가는 길이 빼어난 절경으로 유명한 곳이었다.

높은 산과 협곡, 그리고 황하의 지류들이 얽혀 흐르는 경치.

"좋군. 저기서 쉬어가자!"

걸음이 가뿐한 편장우가 앞쪽에 보이는 객잔을 가리켰다. 별로 특이할 것도 없는 시골의 허름한 객잔이었으나 수려한 경관 속에 끼어 있는 덕에 제법 운치를 흘리는 곳이었다.

제법 사람들이 보였다. 적지 않은 사람이 오가는 길인 데다 모처럼 나타난 객잔이라 그럴만하기도 했다.

바깥 풍경이 잘 보이도록 아예 창과 벽이 없는 구조로 지어진 객잔.

"어서 오십시오. 손님!"

"사람이 많군. 간단히 식사를 하고 가겠다."

"예, 손님! 안쪽엔 자리가 차버렸으니 바깥 자리에 앉으셔야겠습니다."

"그러마!"

편장우는 점소이가 안내하는 자리로 가 앉았다.

인원 때문에 두 개의 자리로 나눠앉은 일행들. 요깃거릴 주문한 다음 주변 풍경을 돌아보던 편장우가 자신들을 쳐다보고 있는 눈들을 마주하고 시선을 고정했다.

강줄기가 흐르는 벼랑 쪽 조금 높은 끝자리였다.

"누굽니까?"

아버지 편장우의 시선을 확인한 무열이 물었다.

"암왕(暗王) 당호(唐虎)다!"

"사천 당문세가?"

"그렇다. 같이 있는 자들도 그의 피붙이들 같다."

"면식이 있습니까? 계속 쳐다보고 있군요."

"음……!"

무열의 말끝에 편장우가 서슴없이 일어섰다.

"따라오너라!"

무슨 뜻인지 알아챈 무열이 따라 일어났다.

편장우로선 팔순의 나이에 이른 의천왕(義天王)의 한 사람인 그가 쳐다보고 있는데 모른 척 앉아 있을 수 없었기 때문이다.

자신의 검을 놓고 무열과 함께 성큼성큼 다가서는 편장우. 두 손을 모아 쥐고 고개를 숙여 짐짓 정중한 자세를 취했다.

"당문의 암왕 선배를 여기서 뵙게 되었군요. 인사 올립니다."

"누구시오?"

편장우의 인사에 앞쪽으로 앉은 중년인이 눈을 껌뻑대며 물었다.

편장우가 그를 무시하고 당호를 보았다. 하지만 당호 역시 물끄러미 쳐다볼 뿐 모르겠단 표정.

편장우는 기분이 상했다. 많지는 않지만 두어 번 면식이 있었고, 몇 년 전엔 주변의 소개로 인사까지 나눈 일이 있었기에 자신을 알아보지 못하는 그가 몹시 불쾌했다.

두 중년 사내와 어린 계집 하나를 데리고 근엄하게 앉은 암왕 당호. 그가 당황하는 눈치의 편장우를 보고 입을 열었다.

"나를 아는가?"

"……."

굴욕적이었다. 하지만 편장우는 속내를 꾹꾹 눌러 삼켰다.

"하하, 섬서 편가의 편장우라 합니다."

재차 자신을 밝혔지만 여전히 모른단 기색의 암왕 당호. 그때 옆의 지긋한 나이의 중년 사내가 거들었다.

"아버지, 편씨무가를 말하는 듯하군요."

"편씨무가? 오, 그래! 기억이 나는군. 영흥 극월세가와 한 집안이라던. 허허, 반갑네. 몰라봐서 미안하군. 난 또 웬 건장한 사람들이 객잔으로 오기에 누군가하고 쳐다봤지. 그래 여기까지 어쩐 일인가? 극월세가로 가는 것인가?"

머리는 황금으로 만든 작은 관(冠)으로 멋을 부렸고 체구가 있는 데다 풍성한 옷까지 갖춰 입어 겉으로 한껏 거드름이 흐르는 암왕의 풍모였다.

"예! 겸사겸사 가는 길입니다."

"옆에 선 아이는 아들인가?"

"그렇습니다."

"편무열이라 합니다."

편장우가 말하기 전에 무열이 먼저 포권을 하고 살짝 머리를 숙여 인사를 건넸다.

"기골이 장대하군. 사내다운 야망도 있어 보이고."

암왕은 고개를 끄덕이며 부자를 쓸어볼 뿐 같이 앉은 자들을 소개한다거나 하지 않았다.

편장우가 기다렸지만 암왕은 딴청만 부렸다.

"그럼, 차후에 또 뵙겠습니다."

자존심이 상한 편장우가 감정을 억누르며 인사를 했다.

"그러세."

여전히 건성으로 대꾸할 뿐인 암왕 당호. 더욱 신경을 자극한 건 편장우가 자리로 돌아가던 중이었다.

나직이 들려오는 목소리.

"아버지, 극월세가 편장엽 가주의 친형 되는 사람인데 차라도 권하며 같이 자리하시지 그러셨습니까."

"되었다. 그럴 필요가 있었다면 모르겠지만 상가의 사람일 뿐이다. 무가의 사람이 상가의 사람과 어울리는 건 보기만 흉해!"

"아닙니다, 아버지. 그는 편장엽 가주와 달리 무공에 뜻을 두고 무가를 일군 사람입니다. 무인으로서도 제법 이름이……."

"되었다니까. 나도 들어서 안다. 하지만 제 동생의 명성과 돈으로 얻어진 빛 좋은 개살구일 뿐이다. 극월세가의 후원 없인 아무것도 못 할 위인이야."

"할아버지, 듣겠어요. 그만하세요."

조심스런 여자아이의 목소리.

자리에 앉으려던 편장우는 움찔했다. 들리지 않을 것이라고 수군댄 말이겠지만 알려진 것보다 대단한 내력을 가진 편장우의 입장에선 너무도 똑똑히 들을 수 있는 말이었다.

그것은 편무열 마찬가지였다. 성질이 뻗친 그가 사납게 돌아보았으나 편장우가 팔을 잡으며 만류했다.

"앉아라!"

하지만 편무열이 팔을 뿌리치며 신경질적인 반응을 보였다.

"아버지?"

"앉으라니까!"

"뭣 하러 저런 자와 인사를 나눈 겁니까. 어차피 나중에 우리 발아래 굴종할 자를!"

"어쨌든 우릴 보고 있었으니 나쁜 인상을 줄 필요가 없다고 생각해서 그랬다. 저리 나올 줄은 몰랐다."

"흥! 멍청한 인간들! 제 놈들 사는 맛에 취해 사람을 몰라봤다 이거지! 두고 보자, 구대문파와 오대세가 네놈들! 과연 누가 빛 좋은 개살구인지 똑똑히 알게 해줄 테니까! 빠드드득!"

암왕을 노려보며 부서지도록 이를 갈아대는 편무열이었다. 화를 삭일 수가 없는 그는 앞에 같이 앉은 곽추와 옆자리 그 외 수하들을 돌아보며 신경질을 냈다.

"너희들도 명심해! 강하지 못하면 이런 수모를 당할 수밖에 없는 거야!"

곽추란 자가 대답했다.

"알고 있습니다, 공자! 명심하고 더 정진하겠습니다."

한바탕 짜증을 부린 편무열이 한 그릇 물을 들이켠 후 냉정을 찾았다.

그때 암왕 일행이 일어났다.

"할아버지, 낙양 무림맹에 가기 전에 여기저기 구경 좀 하면서 가요. 이곳 강변도 무척 아름다운 것 같은데."

"허허, 그래. 네 마음대로 해라!"

손녀 사랑이 지극한 듯 암왕 당호가 흔쾌히 수락했다.

아는 척도 않고 객잔을 벗어나는 그들.

분을 참고 있던 편무열이 문득 표정을 바꾸고 자리를 박차고 벌떡 일어났다.

"왜 그러느냐?"

"아버지, 저들을 그냥 못 보내겠어요."

"응? 무슨 소리냐?"

"모욕당한 걸 갚아줘야겠습니다."

멀어지는 암왕 일행을 보며 두 눈 가득 시퍼런 서슬을 번뜩이는 무열 때문에 편장우의 표정이 뒤집어졌다.

"안 돼! 그는 암왕이야! 아직 네가 범하기엔 너무 큰 산이다!"

"잘됐군요. 시험도 해볼 겸!"

"무열아?"

"아버지! 이미 제 구절신공은 극성에 다다른 것과 같다고 하셨잖습니까. 더 나아갈 수 없다면 지금 시험해 보고 싶습니다. 어차피 암왕 같은 늙은이 하나 못 이긴다면 희망이 없는 것이니까요."

"음……."

편장우가 흥분하는 아들을 보며 깊고 무거운 침음을 흘렸다.

"아버지, 이길 수 있을 것 같습니다. 천하에 그 상대가 없다던 무왕 동방천의 구절신공과 검공 아닙니까. 거기다 제가 차고 있는 이 신갑까지! 확실히 이길 수 있습니다, 아버지!"

사하공의 절대신병 무적신갑을 찬 손을 들어 불끈 주먹을 쥐어 보이는 편무열.

편장우가 고개를 끄덕이며 말을 이었다.

"솔직히 나도 그리 생각한다. 하지만 그가 당한 사실이 알려지면 천하가 뒤집어질 것이다. 우리의 계획에 좋지 않은 영향을 미치게 돼! 무엇보다 실패라도 하면……."

"실패한다면 당연히 모든 게 물거품이 되겠지요. 하지만 암왕 같은 자도 제압하지 못할 바엔 차라리 모든 걸 접는 게 낫습니다."

"으음!"

편장우가 다시 신음을 삼켰다. 그리곤 잠시 고민하다 아들을 마주보았다.

"흔적을 남기지 않을 자신이 있느냐?"

"예, 누구 소행인지 모르게 감쪽같이 처리하겠습니다."

"좋다. 그러면 마음대로 해라! 우려가 있지만 나 또한 네 신위를 확인해 보고 싶다!"

편장우의 말에 찢어져 올라가는 편무열의 입꼬리였다.

"저 역시 실전을 통해 제 수위가 어느 정도인지 명확히 해 보고 싶습니다. 흐흐흐!"

"섣불리 나서선 안 된다. 기회와 장소가 완벽할 때 나서도록 해야 한다."

"알고 있습니다. 식사는 미루고 일단 가시죠!"

만면에 자신감이 넘쳐흐르는 편무열이 당당하게 객잔을 나섰다. 편장우가 따랐고 곽추란 자가 점소이에게 몇 푼을 쥐어준 뒤 바로 수하들과 뒤를 쫓았다.

*　　　*　　　*

콰콰콰콰……!

까마득히 높은 곳에서 쏟아지는 폭포와 휘돌아나가는 거센 강줄기가 같이 어우러진 협곡.

입구가 거대한 동굴처럼 되어 있고 폭포의 물줄기가 멀리까지 흩날릴 정도로 비경(秘境)을 감춘 곳이었다.

"아! 이런 곳에 이런 신비스런 경관이 숨어 있었다니. 정말 아름다워요, 할아버지!"

"그래, 그렇구나. 네 말을 듣길 잘했다. 허허!"

"화영(花榮)아, 날이 저물고 있지 않느냐. 할아버지 힘드시게 언제까지 돌아다닐 참이냐?"

암왕 당호가 손녀의 재롱에 즐거운 듯 웃자 그의 둘째 아들인 당청의(唐淸義)가 자신의 딸을 짐짓 나무랐다.

그러자 암왕의 막내아들이자 그의 동생인 당문의(唐文義)가 화영을 도왔다.

"하하, 형님. 놔두십시오. 덕분에 우리도 좋은 구경하지 않습니까."

"할아버지, 저쪽으로 조금만 더 가봐요."

"그래그래."

마냥 좋다는 듯 손녀가 잡아끄는 대로 따라 움직이는 암왕 당호.

그런데 몇 걸음 따라가던 그가 갑자기 우뚝 신형을 멈추었다.

"응? 할아버지, 왜 그러셔요?"

"잠깐 기다리거라. 나에게 볼일이 있는 자가 있는 것 같다."

암왕 당호의 말은 느긋했지만 그의 두 아들은 그러지 못했다.

빠르게 신형을 돌려 뒤쪽을 응시하는 당청의와 당문의.

폭포의 물줄기 때문에 안개처럼 뿌연 입구. 그 속에 한 인영이 천천히 걸어 들어오고 있었다.

문제는 그가 검을 뽑아 늘어뜨리고 있다는 것.

당청의와 당문의 눈자위가 일그러졌다. 뚜렷한 살기까지 느낄 수 있었기 때문이었다.

하지만 검을 뽑거나 하진 않고 그저 주시하며 기다렸다.

"엇? 너는?"

두 사람은 동시에 편무열을 알아보았다.

"무슨 일이냐? 네가 왜 검을 뽑아 들고 이곳을……?"

상대를 확인하자 그의 살기가 자신들을 향한 것일 거라곤 생각 못 한 당청의가 의아해하며 물었다.

하지만 편무열의 시선과 비릿한 미소가 정확히 자신들을 향해 있음을 확인한 그는 바로 표정과 자세를 바꾸었다.

"흐흐흐, 좋은 장소로군. 더없이!"

섬뜩할 정도로 시린 살기와 웃음을 흘리는 편무열.

그의 뒤로 몇 개의 그림자가 더 나타나는 걸 당호와 그의 두 아들은 보았다.

편장우와 그의 수하들이었다. 편장우가 아들을 따라 뿌연 입구 안으로 들어서고 다섯 수하들은 마치 외부와 차단하듯 바깥을 지키고 서 있었다.

"거기 서라!"

당청의의 고함에 편무열이 뜻밖에도 순순히 멈추어 섰다. 단지 만면에 흘리는 비릿한 웃음은 그대로였다.

"지금 그 살기와 검이 우리를 향한 것이냐?"

"왜 아니겠어?"

"무엇 때문에……?"

당청의가 도저히 이해할 수 없단 표정으로 편무열과 편장우를 번갈아 쳐다보았다. 도저히 있을 수 없는 일을 벌이고 있는 탓이었다.

"후훗, 함부로 주둥일 놀린 대가라고 할까?"

"뭐뭣?"

"기가 막힌 장소를 골라 찾아 들어왔군. 쥐도 새도 모르겠어. 빠져나갈 구멍도 없고. 흐흐흐."

듣고 있던 암왕 당호가 느긋이 몇 걸음 나섰다.

"허헛, 재밌는 놈이로고. 아니면 정신이 나갔거나. 그래, 나를 향해 검을 뽑았단 말이지?"

"맞아, 늙은이! 내가 죽든 당신이 죽든 여긴 무덤이 될 거야."

"으하하핫, 크하하하! 내가 큰 실수를 한 모양이군. 이런 어린아이에게 이 같은 소릴 듣다니. 그래, 미안하다. 내가 실언을 한 모양이다!"

"늦었어!"

"뭐? 크하하핫, 크하하하하!"

큰 풍채의 암왕이 목까지 젖히고 웃어댔다.

당청의가 소릴 질렀다.

"네 이놈! 네놈이 실성을 했구나. 정녕 죽고 싶은 것이냐? 당장 검을 치우고 엎드려 빌지 못하겠느냐?"

그 순간 슬그머니 검을 들어 올리던 편무열의 비린 미소가 더 짙어지는가 싶었다.

휘익!

거리가 있음에도 사선으로 검을 뿌리치는 편무열.

쐐액!

강렬한 파공성과 함께 흩날리던 물방울들이 확 쓸려나갔다.

"엇, 이놈이?"

그것이 검기라는 것을 암왕과 그의 두 아들이 모를 리 없었다.

황급히 검을 뽑아 대응을 하는 당청의와 당문의.

콰앙!

검기에 응수한 당청의의 신형이 크게 흔들렸다. 뒤로 조금 밀리기까지 했다.

암왕 당호도, 그의 두 아들도 낯빛이 바뀌었다.

"이, 이놈……."

"흐흐흐, 이제야 긴장이 좀 되나? 방심하지 마. 싱겁게 끝내고 싶지 않으니까."

노려보던 암왕의 눈이 편장우에게 향했다.

"이놈, 이게 무슨 짓이냐? 나와 당문을 향해 검을 들이대다니. 어찌 감히… 실성한 것이냐?"

"흐흣, 아마 그런가 보오. 내가 생각해도 내 아들 녀석이 돌아버린 것 같으니 감당 좀 해주시오. 크흐흐흐."

편무열과 다를 게 없는 비웃음.

암왕 당호는 이 상황이 기가 막혔지만 용서하고픈 마음이 없었다.

"검을 다오. 내 직접 저놈 부자들을 징벌하겠다."

"아버지, 저희가 하겠습니다. 굳이 아버지께서……."

"됐다. 검을 주고 비켜 있거라."

암왕의 표정이 이미 날이 섰음을 확인한 당문의가 등에 두르고 있던 암왕의 검을 끌러 내밀었다.

스르릉.

손잡이만 잡아 검을 뽑는 암왕 당호.

천하에 그의 무위를 모르는 사람은 없었다. 만류귀원신공(萬流歸元神功)으로 인한 경천동지할 공력에 당문 비전의 독공과 암기술까지 최고로 끌어올려 일신에 지녔다는 자.

나이 오십도 되기 전에 이미 의천왕 반열에 올라 만인의 칭송을 받았던 자가 바로 그였다.

지금은 큰아들 당성의에게 가주의 임무를 완전히 넘기고 혼자 유유자적하는 중이었다.

그런데 무림에 나선 자신이 이런 경우를 겪게 될 줄은 꿈에도 몰랐던 일이었다. 적도 아닌 같은 백도인의 도발. 그것도 무명지배(無名之輩)나 다름없는 소소한 자들의 도발이라 더욱 어처구니가 없었다.

한 번 허술히 대응하면 언제 또 우스운 꼴을 마주하게 될지 모르는 일. 그래서 암왕 당호는 조금의 온정도 베풀 생각이 없었다.

편무열을 향해 걸어가는 암왕. 그러자 편무열도 예의 비린 미소를 흘리며 다가섰다.

"나로선 당최 이해할 수 없는 상황이다. 무슨 심산이냐? 왜 이런 짓거리를 벌이는 것인지 말해 보아라!"

"흐흐, 숨길 이유도 없지. 무림 통치를 위한 일종의 시험이다!"

"뭣?"

암왕 당호가 주춤했다. 너무도 엄청난 말인 탓이었다.

"푸하하하, 푸하하하핫!"

다시 대소를 터뜨리는 암왕.

"정말 미친 것이었구나. 제정신이 아니었어! 으하하핫!"

도리어 유쾌하단 듯 웃어대는 암왕이었다. 상상도 못 한 대답, 무림 정복.

암왕으로선 너무도 어이가 없어 몸에 힘이 빠질 정도였다.

"경고를 줬건만 허투루 들리는 모양이군. 목이 떨어질 때나 되어서야 알겠어. 내가 무왕 동방천의 구절신공과 검공을 완벽히 연성한 사람이어도 그리 웃을 수 있을까? 흐흐."

"……?"

아니나 다를까 암왕 당호의 웃음이 뚝 그쳤다.

"방금… 무왕 동방천의 구절신공이라 했느냐?"

마른침까지 꿀꺽 삼키는 암왕 당호.

왜 아니 그럴까. '구정신공(九鼎神功)'이란 또 다른 이름으로도 명명된 초극의 무공. 정확히는 구정신공과 구절검법이 맞지만 통칭 구절신공이라 불렸던 절대비공.

무신이란 칭호로 더 익숙했던 무왕 동방천의 죽음과 함께 실전되었을 때 천하 무림인들이 차라리 잘됐다고 환호하고 안도했을 만큼 무섭고 두려웠던 금단의 무공. 고작 아홉 개의 초식으로 구성되었지만 그 파훼법조차도 찾지 못했던 천하제일신공이 그것인 것이다.

한데 그 엄청난 이름이 아직 새파랗다 할 수 있는 젊은 놈에게서 튀어나온 것도 모자라 자신이 그것을 익혔다고 주장하니 어찌 놀라지 않으랴.

"어디서 말도 안 되는 소릴 지껄이느냐? 구정신공이 실전된 지 백 년도 더 된 일이거늘 어찌 네놈이 그것을 익힌단 말이냐?"

다가서던 편무열이 힐긋 그를 보았다. 그리고 말보다 보여 주겠단 듯 거침없이 그를 향해 검을 그었다.

쿠아아아!

바람이 갈라지는 소리 정도가 아니었다. 대기가 폭발할 듯 찢겨 나가는 굉음이 동반됐다.

"비켜라!"

암왕 당호가 당청의를 밀치고 편무열의 강기를 받아냈다.

콰앙!

중심마저 흔들릴 정도의 위력.

"이, 이런 공력이라니."

암왕 당호는 자신의 몸에 충격이 전해졌다는 사실에 놀라움을 금치 못했다. 물론 충분히 내력을 운용하지 않은 상태이긴 했으나 지금까지 자신을 반걸음 이상 물러나게 한 자가 없었기 때문이다.

당호는 동방천의 구정신공을 겪어본 적이 없었다. 하지만 의심을 갖는 건 무의미했다. 설령 구정신공이 아니더라도 편무열의 공력은 충분히 우려스러운 경지라는 걸 확인하고도 남음이 있었다.

"화영일 데리고 둘 다 물러나 있거라!"

진중해진 암왕 당호. 그는 걸치고 있던 장포를 벗어던졌다. 싸움에 움직임을 좀 더 편히 갖겠단 의미였다.

"아버지?"

"어서!"

이미 편무열에게 꽂힌 당호의 눈. 어쩔 수 없이 당청의와 당문의가 화영을 데리고 멀찌감치 물러섰다.

"네놈들의 본색을 밝히겠다! 무슨 의도인지. 어쩐 놈들이 가담 중인지!"

"크크큭, 저승에 가서 지껄여!"

지이잉!

늘어뜨린 편무열의 검이 강기를 표출하며 대기를 태웠다. 그와 동시에 그의 신형이 지면으로부터 두 뼘 정도 천천히 떠올랐다.

너풀거리는 옷자락. 어느 정도의 공력이 운용되는지 충분히 알 듯했다.

암왕 당호 역시 일신의 내력을 극성으로 끌어올렸다. 그 바람에 거세게 대기가 요동쳤고 먼지 폭풍이 회오리처럼 일어났다.

무려 삼 장 높이. 편무열보다 훨씬 더 떠오른 그의 신형이었다.

두 사람의 공력 발산으로 인해 주위는 삽시간에 난폭해지며 폭포의 물줄기까지 휩쓸려 휘돌 정도였다.

만류귀원신공으로 인해 이글거리는 암왕의 검. 흡사 푸른 불꽃이 이글거리는 듯한데, 느긋이 그를 보고 있던 편무열이 먼저 움직였다.

쐐액!

직선으로 쏘아져가는 편무열의 신형.

콰쾅!

거대한 두 개의 불기둥이 부딪쳐 폭발하는 것 같은 가공할 격돌.

놀라움의 연속이었다. 암왕으로선 이제 갓 내력이 갖춰질 나이에 자신과 전혀 뒤지지 않는 공력을 보인다는 게 믿어지지 않았다.

쿠쾅! 콰앙!

하늘 빼곤 사방이 막힌 것이나 다름없는 곳이라 격돌의 여파는 엄청났다. 폭발의 굉음, 진동. 쏟아지는 검기에 암벽이 갈라지고 바위들이 굴러 떨어졌다.

확실히 편무열의 무공은 암왕 당호에게 낯설었다. 괴이할 정도로 오묘하고 신비로운 검공. 매 초식마다 폐부를 엄습하듯 날카롭기 그지없고 그 변화를 예측하거나 따라갈 수 없을 만큼 경이로운 무공이었다. 단지 아직 매끄럽지 못하다는 점이 있었으나 검공의 위력이 그것을 덮고도 남았다.

두 사람의 격돌을 지켜보는 당청의와 당문의는 초조함과 불안감에 심장이 터질 것만 같았다. 상대가 먼저 검을 뽑아 들고 나타났다는 것도 그렇지만 무왕 동방천의 구정신공이란 말에는 어떡해도 두려움이 이는 건 사실이었다.

실제로 놀라운 위력이었다. 아버지가 마음대로 응수를 못하고 어려워하는 게 가끔 눈에 띌 정도였다.

"정말 저게 구정신공일까?"

"그렇지 않겠습니까, 형님! 아니라면 아버지께서 단숨에 제압했을 테죠."

"놀랍군. 어떻게 완전히 사장되었다던 동방천의 무공을? 그것도 금단의 무공이라던 동방천 최후의 비공(秘功)을 저 어린놈이?"

"수위로 보아 완벽히 연성한 듯합니다. 아버지께서 제압할 수 있겠죠?"

"음……!"

동생 당문의의 말에 당청의가 답답한 신음을 흘렸다.

"여차하면 뛰어들 준비를 해! 반드시 제압해 천하 군웅들 앞에 세워야 될 인간들이야!"

"알겠습니다, 형님!"

당청의와 당문의도 검을 고쳐 쥐며 날카롭게 세운 신경을 늦추지 않았다.

반면 멀찌감치 떨어져 보고 있는 편장우는 긴장한 가운데서도 뿌듯해하고 있었다. 생각했던 것보다 아들 무열의 수위가 대단했고 구정신공의 위력 또한 굉장했기 때문이다.

암왕 당호가 마음대로 못 할 뿐 아니라 오히려 밀릴 정도. 더욱이 무열이 혼신의 힘을 다하는 것 같지도 않은데 그러하니 흥분마저 일었다.

'그래, 의심의 여지가 없어! 구정신공과 구절검법은 천하 제일이야. 당할 자가 없어! 흐흐흣!'

편장우가 득의의 미소를 흘리는 그때 암왕과 편무열의 격돌은 조금씩 차이를 보이기 시작했다.

눈에 띄게 밀리는 암왕. 만류귀원신공뿐 아니라 당문 비전의 무공들을 최고의 경지까지 이끌어 한 몸에 다 지녔다는 그가 채 일각도 되지 않아 곤란해하는 모습이었다.

검공은 고사하고 공력조차 밀리는 모습.

편장우는 환희에 들썩였고 당청의와 당문의 암왕의 두 아들은 경악을 금치 못하며 언제라도 검을 내쳐 갈 준비를 했다.

하지만 그때, 짐짓 흐트러진 모습을 보이며 밀리던 암왕에게서 무척이나 가늘고 빠른 파공성이 일었다.

그것은 무척이나 은밀해 어디서 발사된 것인지 알아채기도 어려울 정도였는데 그 순간 암왕 당호의 얼굴에 언뜻 미소가 지어지는 듯했다.

'귀시(鬼矢)'라고 부르는 당문 비전의 암기였고, 암왕이 회심의 미소를 지은 까닭이었다.

치명적이진 않았으나 순식간에 전신의 마비를 불러일으키는 사독(蛇毒)이 발라져 있었으며, 지근거리에서 발사했을 때 그 속도로 인해 누구도 피하거나 막아내긴 불가능한 암기.

그 귀시가 덮쳐 오는 편무열의 가슴팍으로 정확히 쏘아졌고 암왕으로선 득의를 흘릴 수밖에 없었다.

암왕과 당문세가가 진정 무서운 이유였다. 폭우이화침(暴

雨梨花針), 천뢰구(天雷球), 구환살(九幻殺) 등등, 이름만 들어도 몸서리 쳐지는 암기들.

암기에 관해선 다른 어떤 무림 세력보다 뛰어난 비기를 갖고 있다는 당문이었고. 암기만으로 최후의 순간에도 자신과 가문을 지킬 수 있다는 그들, 그 이유로 누구와 싸워도 두려워하지 않는 그들이었다.

하지만 편무열의 대응은 암왕 당호를 당황하게 만들었다. 분명 발사 과정은 보지 못했다곤 해도 귀시가 쏘아진 것은 인지했을 텐데 놀라 막거나 피하려는 동작을 보이기는커녕 전혀 아랑곳 않고 검을 뻗어왔기 때문이다.

오히려 비웃는 듯 웃음을 머금고 있는 편무열의 표정.

'이게 어떻게⋯⋯?'

도리어 당황한 암왕이 다시 한 번 귀시를 발사했다. 검의 손잡이 부분에서 쏘아져 나갔고, 거리가 더 가까웠기에 이번엔 잘못될 리가 없다고 암왕은 확신했다.

하지만 암왕은 다시 쏜 귀시가 잘못되는 것을 똑똑히 보았다.

깡!

소리를 내며 튕겨 나가는 귀시.

지금까지 이런 경우가 없었기에 암왕은 크게 당황했다. 이해할 수 없었다. 검으로 막거나 쳐낸 것도 아닌데 튕겨 나가

버리다니.

　암왕은 재차 세 번 네 번 연달아 발사했다. 하지만 어김없
이 무언가에 막혀 튕겨 나가는 암기. 암왕 당호는 경악했고
편무열의 미소는 더욱 짙어졌다.

　"흐흐흣, 고작 암기 따위로 어깨에 힘을 주는 주제에 아무
나 깔보고 무시했단 말이지? 그게 전부야? 더 재주를 부려봐,
늙은이!"

　콰앙!

　편무열이 후려치듯 내려친 검격에 암왕이 가까스로 응수
를 하며 목이 달아난다는 일은 피했다.

　정신적 충격까지 겹친 암왕. 그러나 편무열은 그런 그를 두
고 서두르지 않았다. 확실한 우위를 점할 수 있었음에도 오히
려 여유를 두었다.

　"어, 어떻게 된 일이냐? 구정신공의 능력이냐?"

　"후훗, 글쎄? 곧 죽을 늙은이가 알아서 뭣 하게."

　"이, 이놈! 빠드득!"

　"배려를 해주지. 마지막 기회야. 내가 당신에게 주는 기회!
그러니 힘을 다해보라고."

　"이, 이놈!"

　모욕감에 떠는 암왕. 반면 편무열은 느긋하기만 했다.

　"끝장을 내주마!"

"글쎄 그러라고."

"오냐. 네놈이 무슨 재주로 귀시를 피했는지 모르겠다만 이번에도 막을 수 있는지 보자!"

슈욱!

위로 솟구치는 암왕.

편무열은 그가 무얼 하든 지켜보겠단 듯 반응하지 않았다.

암왕은 무려 십여 장 가까이 되는 높이로 솟구쳐 멈추었다. 편무열을 한참이나 아래로 내려다보는 위치. 그는 편무열을 겨눈 검을 슬그머니 손에서 놓았다. 그러나 검은 떨어지지 않고 그대로 떠 있었다.

"으읍!"

신음 같은 기합까지 터뜨리며 일신의 모든 공력을 두 팔로 모으는 암왕.

그러자 그의 두 아들이 당화영을 데리고 재빠르게 더 멀찌 감치 이동했다.

만천화우(滿天花雨).

당문 최고의 비기를 펼쳐내려 하기 때문이었다.

수십 년 동안 단 한 번도 펼쳐지지 않았던 무공. 암기술이지만 단순한 격발로 발사되는 암기가 아니라 막대한 공력 운용으로만 펼쳐지는 기술이라 아예 처음부터 무공으로 분류된 극강의 암기술.

그것을 펼칠 수 있는 사람은 암왕 당호가 유일했고 그 수위까지 역대 최고라 평가받는 그만의 만천화우였다.

극한의 상태까지 공력을 끌어올린 탓에 암왕의 얼굴은 시뻘겋게 달아 있을 정도였고, 그의 옷자락은 뜯겨나갈 것처럼 펄럭댔다.

콰아아―!

팽창하듯 대기를 휩쓰는 기운.

이윽고 죽일 듯 편무열을 내려다보며 공력을 모으던 암왕이 두 팔을 내려쳤다.

파아앗!

편무열은 똑똑히 볼 수 있었다. 이미 암왕 당호가 최후의 암기 무공인 만천화우를 꺼낼 것을 알고 기다렸던 그이기에 조금도 당황하지 않았다. 처음 접하는 무공인 데다 무림 역사에 가장 강력한 비기 중 하나로 자리한 무공이라 오히려 더욱 두 눈을 반짝일 뿐.

시커멓게 쏟아지는 비침들. 수백수천, 암왕이 팔을 휘두르고 떨칠 때마다 새까맣고 작은 침들이 헤아릴 수도 없을 정도로 쏟아졌다.

정말 폭우와 같이 모든 것을 다 덮을 것처럼 쏟아지는 비침. 피할 곳이 없다는 게 맞았으나 마치 쇠못들이 한꺼번에 시커멓게 쏟아지는 것 같아서 편무열은 소문처럼 꽃비가 내리듯 아름답진 않다 생각했다.

하지만 그건 짧은 생각일 뿐이었다. 발출되어 머리 위 허공을 온통 뒤덮는다 싶은 순간, 각각의 모든 비침들이 강기를 머금으며 화려하고 찬란한 빛을 번뜩였다.

"아!"

비로소 편무열이 탄성 아닌 탄성을 내질렀을 때 암왕이 대소를 터뜨렸다.

"크하하핫! 잘 가라, 이놈!"

지금까지 만천화우의 공간 안에 놓인 자들이 공통적으로 보이는 태도가 그러했기 때문이다. 피할 곳도 없고 막을 엄두도 나지 않는 끔찍한 위력. 그것이 장관을 이루었을 때 도취된 듯 그대로 죽음을 받아들이는 모습.

"이 아름다운 꽃비 속에서 죽는 걸 영광으로 알아라! 으하하하핫핫!"

암왕의 웃음이 확신에 차 있었다.

하지만 편무열이 움직였고 암왕의 웃음은 뚝 그쳤다.

파앗!

쏟아지는 비침을 향해 솟구쳐 오르는 편무열.

왼팔을 들어 얼굴을 가린 꼴이었으나 암왕으로선 어이가 없었다. 검막(劍幕)을 형성시켜 막는다 해도 다 막을 수 없는 만천화우 폭우 속을 팔뚝만 쳐든 채 달려드는 미친놈이라니.

암왕은 편무열이 어쩔 수 없는 상황에 발악이라도 하며 장렬하게 죽으려는 의도로 받아들였다. 몸을 솟구친 것 외에 따로 공력을 운용하는 것 같지도 않아 더욱 그렇게 확신했다.

한데 벌집이 되어 끝장이 나리라 여겼던 편무열이 너무도 멀쩡한 상태로 계속 솟구쳐 오자 암왕은 혼이 달아날 정도로 경악했다.

그것은 아래서 지켜보는 그의 두 아들도 마찬가지였다. 마치 절대 뚫리지 않은 우산을 펼친 것처럼 편무열의 팔뚝 앞에서 모든 침들이 남김없이 튕겨지고 있었기 때문이다.

상상도 못 했던 장면.

"이놈이……?"

"아버지?"

거듭해서 두 팔을 떨치며 만천화우를 퍼붓던 암왕이 뒤늦게 만천화우로 더 이상 소용이 없다는 걸 자각하고 띄워놓은 자신의 검을 잡아갔다.

하지만 이미 편무열이 코앞에 다다랐을 때라는 게 그에겐 불운이었다. 그어져 오는 편무열의 검을 보고 급히 휘둘러 대응을 했지만 충분한 공력이 동반되지 못하는 게 당연했다.

쿠앙!

"크헉!"

콰앙!

강기가 넘실대는 두 번의 강력한 검격.

"아버지!"

당청의와 당문의가 동시에 비명을 지르며 날아올랐지만 한참이나 늦은 운신이었다. 그들은 편무열의 첫 번째 검격에 아버지 암왕의 몸뚱이가 쪼개지는 걸 보았고 바로 이어진 두 번째 검격에 쪼개진 육신마저 산산이 폭발해 흩어지는 걸 목격할 뿐이었다.

"으으······."

운신하던 형제가 신형을 멈추고 충격에 정신을 놓았다.

돌아본 편무열이 뱀 같은 미소를 지으며 비웃었다.

"후후훗, 죽으려고 왔나?"

"이, 이런 잔혹한 놈······!"

"잔혹해? 죽는 건 매한가지인데 뭐가 잔혹해?"

슈캌! 스컼!

두 번의 번뜩이는 섬광. 여지없이 당청의와 당문의의 목과 머리를 훑었고 두 사람은 아무런 저항 한 번 해보지 못한 채 바닥에 떨어져 뒹구는 고혼이 되고 말았다.

편무열의 시선이 하나 남은 당화영에게로 향했다.

능공허도(凌空虛道)와 같은 경신술을 보이며 편무열이 천천히 내려서자 당화영이 허리에 감고 있던 채찍을 풀어냈다. 쇠가 감긴 철편(鐵鞭)이었다.

하지만 풀어내기만 했을 뿐 움켜쥔 손은 하얗게 사색이 된 얼굴만큼이나 바들바들 떨고 있었다.

"후후후, 예쁜데 미안하군."

"이 악마 같은 놈! 저리 가라! 다가오지 마!"

악을 쓰며 물러서는 당화영. 하지만 편무열의 검은 가차 없이 쳐들렸다.

"미안하다고 했잖아. 후후후."

第四章

대책

폭풍우가 지나야 가장 맑은 하늘을 볼 수 있는 건 맞아.
하지만 그놈은 폭풍우가 아니라 그냥 피바람이야.

—궁뇌천

"교주, 교주?"

첩혈사왕 궁뇌천 귀환 당시 목이 달아날 뻔했던 무력부장 곽천기가 대내외 정보를 맡고 있는 첩정각 수장 장측사와 함께 헐레벌떡 교주전인 정천각으로 달려 들어왔다.

"뭐가 이리 요란스러워?"

여러 호위들과 시녀들을 세워둔 채 무료한 듯 창가 의자에 몸을 묻고 있던 궁뇌천이 짜증스럽단 얼굴로 고개를 돌렸다.

하지만 평소에도 급하고 덤벙대는 행동파인 곽천기가 전혀 아랑곳 않고 첩정각주 장측사가 쥐고 있던 종이 한 장을 빼앗아 호들갑스럽게 달려왔다.

"급합니다. 중원으로 보낸 세 명의 호법으로부터 날아온 보고입니다."

"……?"

종이를 받아들고 찬찬히 내용을 살피는 궁뇌천.

"세상에! 소교주께서 공동파 놈들 십여 명을 작살내 버렸 다는 보고입니다. 그것도 무림맹 인간들을 비롯한 청성파와 화산파 놈들까지 떼거리로 있는 자리에서 말입니다."

"곽천기!"

"예, 옛?"

"내가 지금 뭐하는 걸로 보여?"

"그야 당연히 전서를 보시고… 헙! 아, 아닙니다. 주둥이 닥치고 있겠습니다."

뒤늦게 눈치를 챈 곽천기가 자신의 입을 막고 얼른 찌그러 졌다.

세세한 내용이 적힌 전서를 한동안 들여다보다가 무언가 심각한 듯한 표정에 빠지는 궁뇌천.

전서를 가져온 장측사는 그저 엎드린 채 하명을 기다렸지 만, 무력부장 곽천기는 또 참지 못하고 교주의 기색을 살폈다.

"교주, 무슨 문제가 있습니까?"

전서를 접는 궁뇌천.

"없어, 이 새끼야!"

"히히, 그렇죠? 그런 훌륭한 일을 하셨는데 그럴 리가 없죠. 전 교주께서 뜬금없이 심각해지셔서 왜 그러시나 했습니다. 하하하, 하하!"

속도 모르고 혼자 신난 곽천기.

"곽천기, 좋아?"

"당연합죠! 어차피 언젠가 쓸어버려야 할 적들 아닙니까. 그런 놈들을 소교주께서 혼자 상대하며 신위를 뽐내셨다는데 어찌 아니 기쁘겠습니까. 아하하하!"

"너! 저기 가서 머리 박고 있어!"

"예?"

"저기 벽 밑에 가서 대가리 처박고 있으라고, 이 새끼야!"

"아앗, 예! 알겠습니다!"

왜 벌을 주는 것인지 알지 못했지만 곽천기는 더 무서운 눈초리가 날아오기 전에 허겁지겁 구석으로 달려가 머릴 처박으며 엎어졌다.

그 꼴을 노려보며 마음의 화를 삭이던 궁뇌천이 천천히 첩정각주를 돌아보았다.

"장측사!"

"하명하십시오, 교주!"

"이놈들한테 더 자주 보고를 올리라고 해! 주변 상황과 앞으로 예측 가능한 상황까지 모두!"

"알겠습니다."

"그리고 주변 인물들에 대해서도 더 자세히 파악한 다음 보고하라 하고!"

"존명!"

"좋아, 나가봐!"

"그럼!"

"아니, 잠깐!"

나가려는 장측사를 다시 잡아 세우는 궁뇌천.

"예, 교주!"

"교 내 상황은 어때? 반발하려 움직이는 놈들 없어?"

"전혀 없습니다."

확신에 찬 장측사의 대답에 궁뇌천이 의심의 눈초리를 하고 째렸다.

"확실해? 면밀히 살펴봤어?"

"하하, 살펴보나마나 빤한 것입니다. 이제 와서 누가 감히 예전 같은 망상을 꿈꾸겠습니까. 과거 같은 혼탁한 상황은 완전히 정리됐고 외려 교주께 찍혔던 자들이 충성 경쟁을 펼치려 안달이 난 상태입니다. 단지 기회가 없어 모두 어찌할 바를 모르고 있을 뿐."

"그래? 좋은 현상이군."

"확실히 그렇습니다, 교주!"

"알았어. 나가봐!"

궁뇌천은 첩정각주가 나가는 것을 물끄러미 보고 있다가 머릴 박은 채 낑낑대고 있는 곽천기에게로 눈을 돌렸다.

"일어나 이리와!"

후다닥.

무력부장답게 동작도 빠른 곽천기였다. 언제 낑낑거렸느 냔 듯 싱글벙글 히죽대는 곽천기. 궁뇌천 귀환 당시 그에게 맞아죽을 뻔했지만 그가 살아 돌아오고 난 뒤 항상 그런 표정 인 곽천기였다.

노려보는 궁뇌천.

"무력조직 정리는 다 했어?"

"예, 교주!"

"문제는 없었고?"

"문제될 것이 있었어야 말이죠. 정리할 건 정리하고 재편 할 건 재편하고. 그저 일사천리였습니다. 히히!"

"까불지 말고 한 곳도 흐트러지지 않게 단단히 조여 놔. 언 제든 출동할 수 있게. 조만간 불시에 상태를 확인하겠다."

"알겠습니다. 그런데 출동하시게요? 드디어 중원 점령에 나서시는 겁니까?"

"그러고 싶으냐?"

"말씀이라고. 본교 통일 당시부터 품어온 일 아닙니까. 싹 쓸어버리고 우리 세상을 만들어야죠. 우선 사천 땅부터 쓸어 담을까요?"

"시끄러! 혼자 지지고 볶지 말고 튀어나가서 시키는 일이나 똑바로 해!"

"히힛, 알겠습니다. 그럼!"

부푼 꿈에 혼자 신난 곽천기가 부리나케 뛰어나갔다.

가만히 보고 있던 궁뇌천이 다시 의자에 몸을 뉘었다.

"휴우……."

나직이 한숨을 몰아쉬는 궁뇌천. 아무도 모르는 깊은 시름에 빠져들었다.

*　　　*　　　*

"맹주, 정말 곤란하게 되었소. 지금까지 가장 많은 지원을 해왔던 극월세가의 변심으로 이번 달부터 적잖은 타격을 받게 생겼소."

재정관의 보고에 무림맹 맹주 북승후의 인상이 대번에 일그러졌다.

"정말 극월세가가 지원을 끊었단 말이냐?"

"완전히 끊은 건 아니지만 이전에 비하면 끊어버린 것이나 다름없는 정도요."

"으드득, 감히 정말 이렇게 나온단 말이지?"

"어쩌면 좋소. 맹의 살림이야 대충 꾸려간다 해도 당장 분배를 받지 못하는 수뇌들의 불만이 이만저만 아닐 텐데?"

"그럼, 다른 곳을 쥐어짜야지 고민만 하고 있어 어쩌자는 거야? 다른 곳을 물색해서 당장 채워!"

짜증이 난 북승후가 버럭 소릴 질렀다.

그때 집무실 문이 활짝 열리며 일단의 무리가 우르르 몰려들었다.

"뭘 쥐어짠다는 것이냐?"

무리들에 앞서 등장하는 세 사람. 북승후의 눈이 뒤집어졌다.

"삼성… 어르신……!"

예고도 없이 나타난 무림삼성이었다.

당황한 북승후가 후다닥 세 사람 앞으로 달려가 예의를 갖췄다.

"세 분 존장을 뵙습니다."

북승후가 깊이 머릴 조아렸으나 구대통 등의 눈은 같이 있던 재정관을 훑고 있었다.

"뭘 쥐어짜겠다는 것이고 뭘 채운단 뜻이냐?"

"아, 아닙니다. 맹의 업무 내용입니다. 신경 쓰지 않으셔도… 그런데 어쩐 일이십니까? 기별도 없이 여기까지……."

뜨끔한 북승후가 급히 말을 돌렸다. 하지만 구대통과 무양, 명원신니의 눈초리는 이미 곱지 않게 꺾여 있었다.

"우선 이, 이쪽으로 앉으십시오."

허둥대며 자리를 안내하는 북승후.

무림삼성의 갑작스런 등장에 놀라 따라 들어온 다른 자들도 어찌할 바를 몰라 머뭇대기만 했다.

"네놈들이 하는 일이 무엇이냐?"

"예?"

호통과 같은 구대통의 말에 북승후가 찔끔했다.

구대통이 따라 들어온 자들에게로 고갤 돌려 호통을 이었다.

"도대체 여기가 무엇 하는 곳이냔 말이다!"

"고정하십시오, 어르신들!"

"고정?"

"죄송합니다. 무엇 때문에 역정이 나셨는지 말씀해 주시면 시정토록 하겠습니다."

"최근에 무림에서 발생한 일들을 조사는 했더냐?"

"최근의 일이라 하시면……?"

"영홍 극월세가에서 일어나고 있는 일, 낭왕의 죽음 같은 사건들 말이다!"

"······."

순간 북승후의 미간이 신경질적으로 꿈틀거렸다. 갑자기
나타나 골치 아픈 사건들을 캐묻는 것이 몹시 기분 나쁜 탓이
었다.

'늙은이들, 가만히 뒷방에 처박혀 있을 것이지. 빠득!'

"네놈이 지금 인상을 긁은 것이냐?"

"아, 아닙니다. 어찌 감히!"

얼른 표정을 바꾸는 북승후.

"말씀하신 사건들은 당연히 조사를 했고 또 진행 중에 있
습니다."

"그런데 왜 눈에 보이는 성과가 없어? 범인은 알아냈어?"

"그것이 아직… 사건의 조사를 도와야 할 극월세가가 비협
조적이라서······."

"뭐야?"

"사실입니다. 낭왕의 죽음이 연관되어 있어 제가 직접 공
문상과 함께 극월세가를 방문했으나 자체 조사를 할 테니 상
관치 말란 당돌한 말만 듣고 왔습니다."

"홍! 안 봐도 빤하군."

"예?"

"거길 가서 뭘 했는지 말이다. 재물이 산더미처럼 쌓인 곳
엘 갔으니 당연히 엉뚱한 걸 요구했을 테지."

"선배!"

북승후가 호칭까지 바꾸며 발끈했다.

"이게 어디서 눈을 부라려?"

"말씀이 지나치십니다."

"지나치긴 뭘 지나쳐! 그렇지 않았다면 궁지에 몰려 있는 그들이 왜 맹의 도움을 거부한단 말이냐? 뭔가 단단히 마음에 틀어진 것이 있으니 그러는 게지. 내 말이 틀렸어?"

북승후는 구대통의 호통에도 작정하고 오리발을 내밀었다.

"극월세가와는 전대 가주부터 오랜 친분을 유지해 온 사이입니다. 그럴 까닭도 없을뿐더러 지금도 그들의 사태를 우리 나름 면밀히 주시하는 중입니다. 그런 말씀은 아무리 선배님들이라 해도 섭섭할 따름입니다."

"이 새끼가 간덩이가 쳐 부었군. 우리가 직접 나서서 조사해 봐?"

"원하시는 게 뭡니까? 왜 갑자기 나타나셔서 면박을 주십니까?"

"몰라서 물어? 네놈들이 직무유기를 하며 똥인지 된장인지 구분도 못 하고 있어서 그런다. 지금 무림에 가장 급하고 우선적으로 알아봐야 할 일이 무엇이냐. 낭왕까지 당한 극월세가 사태가 명백하거늘 편장엽이 살해당하고 그 딸까지 위협

받으며 살수들이 설치는데 네놈들은 지금까지 도대체 뭘 하고 있느냔 말이다."

구대통의 진노가 북승후뿐 아니라 다른 사람들에게도 미치자 다들 자기들끼리 눈치만 보며 슬슬 기었다.

"당장 무림회의를 소집해 네놈들의 태만을 따져야 마땅하겠지만 당장은 돌아가는 사태가 긴박해 참는다. 쓸모없는 것들! 이런 것들을 믿고 맹을 맡겨놓다니!"

누구도 찍소릴 못 했다. 무림삼성의 위상도 위상이지만 맹을 구성하는 수뇌부 태반이 세 사람의 제자나 다름없는 구대문파의 인물들인 까닭이다.

그나마 항변을 할 수 있는 자는 맹주 북승후가 유일했으나 어차피 그도 선대로 거슬러 올라가면 구대문파의 영향을 받아 일가를 이룬 가문 출신이었기에 마찬가지였다.

사실 맹에서 하는 일은 많았다. 그들이 마교라 부르는 청해의 일월천을 비롯해 새외 세력들을 감시, 견제하는 역할과 중원 무림에서 일어나는 사건 사고들을 살펴 질서를 유지하고 크고 작은 문파 간 분쟁을 중재 조율하고 해결하는 일까지. 밤낮 눈코 뜰 새 없이 중원천하를 살피고 관장하는 무림맹이었다.

그런 측면에서 보면 북승후는 할 말은 있었다. 하지만 무림삼성이 유독 극월세가를 문제 삼고 있었기에 다른 꿍꿍이를 가졌던 북승후로선 반발하기가 꺼림칙한 것이었다.

'망할 늙은이들!'

주저 없이 막말을 쏟아내는 구대통 때문에 기분이 몹시 나빠진 북승후가 속으로 이를 갈고 있을 때 일단의 무리가 그의 집무실로 들어섰다.

"맹주?"

집무실에 몰려 있는 수뇌들이 의아한 듯 어리둥절한 표정으로 들어서는 자는 문상 공약지와 개방의 동각타 장로 등이었다.

"엇?"

뒤늦게 무림삼성을 확인한 공약지가 깜짝 놀라며 급히 다가서 머릴 조아렸다.

"공약지가 삼성을 뵙습니다."

그를 비롯해 같이 들어온 자들이 줄줄이 인사를 했지만 구대통이 모두를 한꺼번에 쏘아보며 물음부터 던졌다.

"네놈들은 어딜 갔다 오는 길이냐?"

"감숙에 사건이 있어 살펴보고 오는 길입니다."

"마을 전체가 몰살당한 사건 말이냐?"

"……?"

공약지뿐 아니라 북승후도 놀라며 고개를 들었다.

"어찌 아셨습니까?"

"그래서? 얻어낸 결론은?"

"아, 아직 조사 중입니다. 이제 사건을 접해 다각도로 조사를 해봐야……."

"당분간 여기 머물겠다!"

더 들을 필요도 없다는 듯 공약지의 말을 끊는 구대통.

"예?"

북승후가 바로 불편한 기색을 보였다.

"왜 그딴 표정이냐. 여기 머물며 네놈들 하는 짓거릴 지켜보겠다는데. 똑바로 하고 있는 모습을 보이고 싶으면 극월세가를 노리는 흉수부터 찾아내!"

"……."

일그러지는 북승후의 인상. 대놓고 저리 말하는 데에야 어쩔 도리가 없었다.

하지만 그 순간 공약지가 딴지를 걸었다.

"그건 곤란할 것 같습니다!"

무림삼성도 북승후도 동시에 그를 쳐다보았다.

"극월세가 흉수들보다 더 급한 사건이 터졌습니다."

"무슨 사건?"

오연해 보일 만큼 침착한 자세로 내려다보는 공약지였다.

"감숙 사건을 조사 나왔던 공동파 동도들이 살해됐습니다."

"……?"

"무슨 소리냐? 누구에게?"

"극월세가 궁외수란 놈에게 당했습니다."

"뭐얏? 궁외수?"

구대통을 비롯한 무양과 명원이 경기하듯 놀라자 공약지가 고개를 갸웃했다.

"그를 아십니까? 아, 그러고 보니 아시겠군요. 남궁세가 후기지수 대회를 직접 참관하셨다하니."

"이놈! 어떻게 된 일인지 소상히 말해라! 놈이 어떻게 공동파 사람들을 죽였단 말이냐? 공동파와 무슨 원한이 있어서?"

"충돌이 있었습니다. 그놈과 같이 있던 철랑 조비연이란 아이와 공동파 간에!"

"조비연?"

"그녀의 스승이 공동파의 파문제자였다더군요. 그 이유로 공동파에서 그 아이의 비도와 비도술을 회수하겠다며 나섰는데, 그놈이 끼어들어 언쟁이 커졌고 잠시 후 잔인하고 무자비한 손속으로 일거에 공동파 제자 모두를 도륙해 버렸습니다."

"그게 감숙에서 있었던 일이란 말이냐?"

"그렇습니다. 객잔에서……."

"그놈은?"

구대통이 자리를 박차고 일어날 정도로 흥분해 있었다.

"멀쩡히 떠났습니다."

"네놈들은 뭘 했고? 놈이 살행을 저지르도록 방관만 했단 말이냐?"

"처음엔 공동파의 일이라 개입하지 않았고 싸움이 벌어진 후엔 어떻게 손을 써볼 틈도 없었습니다. 너무도 처참하고 끔찍스런 광경에다 괴이하고도 무지막지한 놈의 무력에 정신을 빼앗겼고, 어떻게 대처해야 될지 엄두조차 나지 않아 일단 그대로 보내고 대책 논의를 위해 부랴부랴 돌아온 것입니다."

"죽은 자는 모두 몇 명이냐?"

"일곱이 그 자리에서 절명했고 그나마 넷이 숨이 붙어 있긴 했는데 향후 회복한다 해도 무인으로서는 끝이 난 상태였습니다."

"이런……?"

구대통이 넋을 놓았다. 발단이야 어떻다 해도 이건 돌이킬 수 없는 사건이었다. 구대문파의 사람이 죽었다는 것. 하나만 잘못돼도 뒤집어질 일인데 열한 명이나 되는 인원이 살상당했으니 이후에 벌어질 일은 보지 않아도 뻔했다.

충격에 혼란스러워하는 구대통을 보며 명원이 처음으로 입을 열었다.

"그놈이 결국 죽을 자릴 만들었군."

돌아본 구대통이 여전히 어벙한 상태를 보이자 명원이 말을 이어갔다.

"시작된 거예요. 극월세가를 노리는 흉수들이 문제가 아니라 결국 놈 때문에 극월세가까지 망하게 생긴 거죠."

묘한 눈치에 공약지가 즉각 물었다.

"혹시 세 분께서는 그놈을 주시하고 계셨던 것입니까? 미리 이런 일을 예견을 하셨던 것처럼 보이는군요."

돌아보는 구대통과 명원. 하지만 인상을 쓴 무양이 대꾸했다.

"알 필요 없다! 어떻게 된 일인지 더 자세하게 설명이나 해 봐!"

"알겠습니다. 사건의 시작은……."

공약지가 차분히 전말을 늘어놓기 시작하자 구대통이 답답한 듯 허리춤의 호리병을 끌러 입으로 가져갔다.

꿀꺽꿀꺽.

북승후의 맹주 집무실 안은 구대통이 술을 넘기는 소리와 공약지의 낭랑한 설명만 이어질 뿐 모두가 침묵에 잠겨 있었다.

"미친것들! 억지는 왜 부려!"

공약지의 설명이 끝나자 구대통이 터뜨린 화였다.

"누가 봐도 말이 안 되는 억지고 생떼잖아!"

무양이 무거운 표정만큼 굳게 닫고 있던 입을 천천히 열었다.

"그게 중요한 게 아냐. 궁외수가 거기에 있었고 일이 벌어졌다는 게 중요한 거지!"

"알아! 그걸 누가 몰라?"

홱 돌아보고 짜증을 내는 구대통.

무양이 받아주지 않고 북승후를 노려봤다.

"어떡할 참이냐?"

"예?"

"이 일을 어떻게 처리할 것이냐고?"

"일단 공동파가 어떻게 나올지 기다려야 하지 않겠습니까? 맹으로 요청이 올 수도 있지만 우선 자체적으로 해결하려 할 가능성이 높지요. 자존심이 강한 그들이니."

"그렇겠지. 하지만 그들이 해결 못 하면?"

"예?"

"그들이 해결을 못 하고 더 큰 참사가 빚어질 경우 어떡할 것이냔 말이다!"

북승후가 이해를 못해 빤히 쳐다보기만 했다.

답답하고 한심한 듯 무양이 기다리지 않고 눈초리를 공약지에게로 돌렸다.

"네놈은 궁외수의 무위를 봤으니 네가 대답해 보아라!"

"무림 공적(公敵) 선포를 즉각 고려해야 한다고 생각합니다."

공약지의 대답에 북승후까지 눈을 치뜨며 쳐다보았다.

"무림 공적? 신원이 확실하고 극월세가란 엄청난 배경이 있는 데도 말이냐?"

"하지만 대문파의 제자들을 아무런 거리낌도 없이 잔인하게 죽인 놈입니다. 결코 용서할 수 없는……."

"그만!"

무양이 거친 언성으로 공약지의 말을 끊었다.

"네놈들과 청성파에서도 그 자리에 있었다면서? 그렇다면 어느 쪽에 정당성이 있어 보이느냐. 혼자 싸운 쪽은 그놈인데 세상이 어떻게 판단을 할 것 같아?"

"……."

"오만한 것! 마음대로 밀어붙여 억압하라고 권한을 준 것이 아니다. 모든 사건을 넓고 깊게 통찰하고 조율하라고 준 것이지, 힘이 있으니 마음대로 휘두르란 게 아니란 말이다!"

공약지가 인상을 쓴 채 무양의 시선을 외면했다. 반발하고 싶은 마음이야 굴뚝이었지만 그럴 수가 없는 탓이다.

"그럼 어떡해야 됩니까?"

북승후가 던진 물음이었다.

"섣불리 대응해선 안 된다. 자칫 전 무림이 휘말려들 수도 있는 위태로운 상황이다."

"그 말씀은 공동파가 감당하지 못할 것이란 뜻입니까?"

"그렇다."

"이해가 되지 않습니다. 어찌 한 사람을 상대하는 데 공동
파가 감당 못 할 것이라고 하는 것인지……."

"그건, 음……."

무양이 궁외수의 정체를 밝히지 못하고 입을 닫았다. 궁외
수가 영마라는 사실이 알려지면 들고일어날 무림도 무림이지
만 그들에게 극월세가까지 표적이 되어 공격받을 것이 우려
되기 때문이었다.

무양이 난감해하고 있을 때 구대통이 나섰다.

"지금 당장 공동산에 전서구를 띄워 궁외수를 응징하러 나
서기 전 맹으로 우릴 만나러 오라고 전해라! 아니면 우리가
갈 테니 기다리라고 해!"

"예? 그건 공동파를 자극하는 일이 되지 않겠습니까? 지금
굉장히 격분한 상태일 텐데 간섭이라 여길 수도 있을 것 같습
니다만……?"

"시끄럽다. 서신이나 보내!"

"……?"

북승후는 당최 무림삼성의 의중을 모르겠다는 얼굴로 쳐
다보기만 했다. 하지만 그것이 무엇이든 따르지 않을 수 없는

노릇. 결국 북승후는 둘러선 자들 중 하나에게 눈짓을 보내 서신을 보내도록 했다.

구대통이 한마디를 더 붙였다.

"당장 극월세가 주변에 감시 인원을 배치하고 궁외수 그놈이 어디 있는지 위치를 파악해!"

*   *   *

"아, 젠장! 바쁘다 바빠! 천하의 귀수비면 송일비가 이게 뭐 하고 있는 짓인지. 쳇!"

순시하듯 위사들의 경계 상황을 점검하고 돌아오던 송일비가 괜한 땅을 걸어차며 투덜거렸다. 외수가 없는 동안 경계 상태에 신경을 쓸 수밖에 없어 수시로 본채 안팎을 돌아다녀야 했기 때문이다.

"낮에는 뺑뺑이 돌고 밤에는 편가연 지키고, 시시 소저 얼굴 볼 시간도……. 어?"

계속 투덜대며 별채로 향하던 송일비가 본채 쪽으로 걸어가는 시시를 발견하고 부리나케 달려갔다.

"시시 소저! 시시 소저!"

"어머, 송 공자님!"

편가연의 방을 장식하기 위해 화병을 들고 가던 시시가 돌아보며 활짝 웃음을 지었다.

"소저, 잠깐만 이리 오시오."

덥석 화병까지 빼앗아 들고 다짜고짜 손목을 잡아끄는 송일비.

"앉으시오, 앉으시오. 여기서 나랑 잠깐만 놀다 가시오. 흐흐."

강제로 마당의 탁자에 끌어다 앉혀놓고 히죽대는 송일비였다.

"차를 가져다 드릴까요?"

"아니오. 아니오. 그냥 그렇게 앉아 있기만 하면 되오."

그저 보는 것만으로도 좋아 죽겠단 듯 두 손으로 턱까지 괴고 연신 헤벌쭉거리는 송일비.

"그렇게 꽃이 잔뜩 꽂힌 화병을 앞에 놓고 앉아 있으니 한층 더 아름다워 보이는구려. 소저는 어찌 그리 잔인하오? 꽃이 시들어 보이잖소."

"어머, 징그러워요. 송 공자님!"

"흐흐흐, 흐흐!"

침이라도 흘릴 듯한 표정의 송일비.

"많이 바쁘시죠?"

"괜찮소. 바빠도 이렇게 시시 소저를 볼 수 있다는 것만으로 하나도 힘들지 않소. 오히려 나보다 시시 소저가 더 바쁘

고 분주해 보이는구려. 다른 시녀들도 많은데 가끔 좀 쉬어가
면서 하시구려."

"네. 호호."

시시가 방긋 웃었다.

이렇게 시시가 조금이라도 웃는 모습을 보일 때마다 정신
없이 황홀경에 빠지는 송일비였지만 그 달콤함을 안고 시시
가 살며시 일어났다.

"죄송해요, 송 공자님. 서둘러 화병에 물을 담아 갖다놓아
야 해요. 나중에 차를 대접할게요."

화병을 들고 총총히 걸어가는 시시. 그녀는 할 일이 많았
다. 화병을 가져다놓고 혼자 외롭게 방 안에 있는 반야와 말
상대도 해주어야 하고 산책도 같이 해야 했다.

멀어져 가는 시시의 뒷모습에 눈을 꽂고 아쉬운 입맛만 쩝
쩝 다시는 송일비.

다시 자리에 앉은 송일비가 그대로 휴식을 갖고 있을 때 뒤
쪽에서 북해 빙궁의 여인들이 나타났다.

"이봐, 궁외수는 어디 갔지?"

돌아본 송일비가 반색을 했다.

"오, 안녕하시오. 마주하기 힘들더니 모처럼 모습을 보여
주는구려. 하하!"

"이 자식이 어디서 능글맞은 웃음을."

빙설영이란 여인이 징그럽다는 듯 인상을 썼다.

"궁외수는 어디 있냐니까! 왜 며칠째 안 보여?"

"하하하, 왜 이리 공격적이시오? 설영 낭자의 그 이슬같이 청초하고 영롱한 얼굴이 일그러지잖소."

"……"

기름을 바른 것 같은 송일비의 말에 빙설영이 말을 잃었다.

"자, 우선 이쪽으로 앉으시오. 모처럼 나왔고 누가 잡아가는 것도 아니잖소."

송일비가 의자까지 빼주며 능청을 부렸다.

웃는 얼굴에 침 못 뱉는다고 머뭇머뭇 앉는 세 여인.

"하하, 절세미인들을 이렇게 셋이나 마주하긴 난생 처음이오. 심장이 다 떨리는구려. 정말 빙기옥골(氷肌玉骨)이란 말을 실감하는 듯하오."

"이놈, 수작 부리지 마라. 네놈이 본 궁의 성물을 훔친 신투 송야은의 아들인 걸 알고 있다."

"아버지의 죄는 나 역시 통감하고 있소. 하지만 눈에 보이는 아름다움을 표현하는 것은 죄가 아니잖소?"

"……"

"나 역시 그대들의 빙궁을 위해 최선을 다하겠소. 궁외수는 지금 꽤 급하게 먼 길을 갔소. 그대들의 성물로 만든 절대신병을 찾아서!"

"뭐야? 그것의 행방을 찾았단 말이냐? 그렇다면 왜 우리에 겐 말을 않았지?"

"잠깐!"

빙설선이란 여인이 인상을 쓰며 일어나자 송일비가 손을 들어 저지했다.

"급히 갔다고 했잖소. 그리고 아직 명확치 않소. 단순히 와 달라는 전갈만 받고 갔으니."

"……."

"흐흐, 일어선 김에 세가나 둘러보시겠소? 아니면 가볍게 술이라도 한잔?"

"시끄럽다!"

빙설선이 홱 돌아서가자 빙설영과 빙설화도 가차 없이 따 라 일어섰다.

하지만 그대로 내버려 둘 송일비가 아니었다.

"아, 잠깐만! 잠깐만 기다리시오!"

얼른 설영과 설화의 두 손목을 잡아 주저앉히는 송일비.

"이놈이?"

"히히, 손목도 참 곱구려."

쓰릉!

빙설선이 즉시 검을 뽑아 송일비의 목에 가져다대었다.

"그 손 치우지 못하겠느냐?"

송일비가 슬그머니 손을 놓으며 빙긋이 웃었다. 그러면서도 설영과 설화의 손을 은근슬쩍 쓰다듬는 그였다.

"감히 도둑놈 주제에 우릴 희롱하려 하다니, 정녕 죽고 싶으냐?"

"흐흣, 멋진 검이구려. 긴 장검에 이런 예리함이라니. 그냥 확 베어주겠소?"

"……?"

"설선 낭자같이 절세미인인 분이 죽여준다면 그냥 죽어버리고 싶소."

빙설선이 부르르 몸을 떨었다.

"이런 느끼한 인간! 그래, 죽어라! 나도 확 그어버리고 싶다!"

"잠깐!"

정말 베어버릴 것처럼 빙설선이 검에 힘을 주자 송일비가 풀쩍 일어서며 물러났다.

"흐흐, 잠깐만 기다리시오. 죽기 전에 좋은 구경 하나 시켜드리리다. 내게도 썩 아름답고 괜찮은 검이 있어서 말이오."

찰칵!

송일비기 주저 없이 허리에 감겨 있던 자신의 검을 풀어냈다.

차롸롸락!

기묘한 소리를 내며 풀려나오는 검.

"히히, 내 검이오."

"……?"

무슨 수작인지 몰라 멀거니 쳐다보기만 하는 세 여인.

"팔상호접검(八狀蝴蝶劍)이라 하오."

송일비가 뽐내듯 검을 들어 보였다. 접혀 들어갈 수 있도록 일곱 군데나 마디가 있는 연검.

특이하긴 하지만 특별할 건 없다는 듯 세 여인의 눈길이 시큰둥했다.

"아름답지 않소?"

"고작 그걸 자랑하자고 검을 뽑은 것이냐?"

"후훗, 이 검도 사하공이 만든 검이라오."

"……?"

"물론 당신들의 성물이 포함된 절대신병은 아니나 오신검 칠기도(五神劍七奇刀)라 일컫는 다섯 개의 신검 중 하나요."

"그딴 걸 왜 말해?"

송일비가 흐릿한 웃음을 머금었다.

"보시오!"

휘익! 휙휙휙!

느닷없이 검을 휘두르는 송일비. 그 벼락같은 운신은 눈이 따라갈 수 없을 정도로 빨랐는데 마치 세 여인을 가둬놓고 유린하듯 검을 휘두르는 송일비였다.

대단한 운신. 동에 번쩍 서에 번쩍 희끗대는 신법도 신법이
려니와 마치 하나로 이어진 것 같은 파공성을 내는 검공도 간
담이 서늘할 만큼 빠르고 매서웠다.

그렇다 해도 전혀 흔들림 없이 지극히 냉정한 눈으로 지켜
보는 여인들.

하지만 이곳저곳 송일비의 검이 뻗는 곳에 나타나는 형상
들을 확인하곤 자기들도 모르게 탄성을 발했다.

"아!"

나비들이 그려지고 있었다. 세 여인은 그것이 검기(劍氣)가
그려낸 잔상 같은 것이란 걸 알았지만 그 신비로운 형상에 감
탄을 하지 않을 수 없었다.

하나둘이 아니었다. 검을 뻗을 때마다 나타나고 검을 거두
어도 바로 사라지지 않았다.

반짝반짝 빛을 내며 금방 수십 마리까지 늘어나 나풀대는
나비들.

나비를 그려내는 송일비의 몸짓도 그만큼 우아하기만 했
다.

세 여인 중 가장 나이가 어린 빙설영이 호기심 어린 눈으로
나비를 향해 손가락을 뻗었다.

"이게… 어떻게……?"

송일비가 고함을 질렀다.

"안 돼! 손대지 마시오! 맨손으론 다쳐!"

파파파파팟!

송일비가 검을 허공으로 쳐들자 나비들도 일제히 떠오르며 폭발하듯 자취를 감췄다.

"아아!"

형상들이 사라지는 그 순간에도 빙설영이 감탄을 멈추지 못했다.

빙긋이 웃음을 머금은 송일비가 검을 뒤로 하고 살짝 허리를 굽혔다.

"어땠소, 설영 낭자? 내 나비들이 당신을 꽃으로 착각하고 앉으려 했던 모양이오. 미안하오. 잘못했으면 그대를 다치게 할 뻔했구려. 하하!"

졸지에 뺨이며 목덜미까지 빨갛게 달아오르는 빙설영. 애써 송일비의 눈길을 외면하려 머뭇대는 모습이 귀여웠다.

하지만 빙설선이 그 꼴을 놔두지 않았다.

"요사스런 놈이 요사스런 재주를 지녔군."

"설선 낭자, 그 무슨 말이오? 섭섭하오."

"간사한 짓하지 말고 물러나라!"

휙!

다시 송일비의 목에 검을 겨누는 빙설선.

송일비가 검을 쥔 손까지 들고 항복 선언을 했다.

"알겠소, 알겠소. 내가 오해를 살 만한 행동을 했다면 그만 하겠소. 사과하리다."

고개를 푹 숙이고 싹싹하게 물러나는 송일비.

빙설선이 잔뜩 째려보는 상태로 천천히 검을 거두었다.

그때 시시의 목소리가 들렸다.

"어머? 송 공자님 검을 뽑아 들고 뭐하세요?"

스스로에게 실망했다는 듯 어깨를 축 늘이고 있던 송일비 가 대번에 기운을 찾고 환호하듯 돌아보았다.

"시시 소저?"

"송 공자님, 왜 검을……?"

"아, 이건 그냥… 그런데?"

송일비가 그제야 시시와 같이 우르르 몰려나온 이들을 확 인했다.

편가연을 위시하여 대총관 설순평, 그리고 본채 안 경호를 담당한 위사들과 시녀들이었다.

"왜 다들 나오는 거요?"

"맞이할 분들이 있어서예요. 저기!"

시시가 가리킨 외원 쪽 길에 세가 정문 위사들의 안내를 받 으며 걸어오는 두 사람이 있었다.

그중 한 사람이 송일비의 눈에 박혔다.

편무열. 상당히 오만하고 거만했던 기억으로 인식된 자. 방금까지 밝았던 송일비의 인상이 바로 굳어버렸다.

"쳇, 별로 마주하고 싶지 않은 자로군."

송일비는 같이 오는 사람의 신분도 바로 알 수 있을 것 같았다. 아니나 다를까 편가연이 기다리지 않고 걸어 나가며 인사를 했다.

"백부, 어서 오세요. 오셨단 말 듣고 깜짝 놀랐어요."

"오냐, 오랜만이다. 무고하게 잘 지냈느냐?"

짐짓 안면에 편안한 웃음을 띠고 편가연을 대하는 편장우였다.

"네. 항상 염려해 주시는 덕분에요."

"무척 오랜만에 오게 되었구나. 미안하다."

"무슨 말씀을요. 제가 겁쟁이라 두문불출 문을 닫아걸고 있었던 탓에 그리 된 것을. 오히려 죄송해요, 백부님. 이해해 주세요."

"그래, 이해하고말고. 그 큰 상처를 겪었는데. 다행히 좋아 보인다. 마음이 편해진 듯하구나."

"네. 여러 사람들의 도움 덕분에 이젠 바보같이 굴진 않게 되었습니다."

"흠, 그래. 그래야지. 좋은 일이야."

고개를 끄덕이는 편장우. 그의 시선이 옆으로 향했다.

"외수, 그 아인 보이지 않는데?"

"네, 백부. 볼일이 있어 외출 중입니다."

"그래? 지난번에 제대로 시간을 갖지 못해 이번에 얼굴이나 익힐까 했더니 아쉽군. 곧 돌아오겠지? 멀리 가진 않았을 테니."

"아닙니다. 백부! 시일이 걸릴지도 모릅니다."

"아니 왜? 멀리 갔단 말이냐?"

"네. 오늘로 엿새째예요. 돌아올 때가 되긴 했습니다만 기약 없이 급히 떠난 길이라 언제 돌아올지는……."

편가연의 말에 편무열의 눈초리가 짧고 섬뜩한 빛을 발했지만 아무도 인지하지 못했다.

"그 무슨 말이냐? 그럼 네 경호는? 그 아이가 널 지켜주었다고 들었는데? 세가 일 때문에 떠난 것이냐?"

"아니요. 그건 아니고 개인적인 일로. 하지만 걱정 안 하셔도 됩니다. 다른 분들이 수고해 주고 있으니까요."

"다른……?"

"네, 궁외수 공자의 친구인 저기 송 공자님을 비롯해 지금은 여기 없지만 그 외 다른 분들도 도와주고 계십니다. 그리고 이렇게 많은 위사들께서도 밤낮없이 지켜주시고 있고요."

편장우가 같이 몰려나온 위사들을 쓸어본 다음 편가연이 눈길로 가리킨 송일비를 보았다.

다시 한 번 고개를 끄덕이는 편장우.

목례로 가볍게 인사를 하는 송일비를 잠시 보고 있던 그가 뒤쪽의 북해 빙궁 여인들까지 훑으며 물었다.

"저기 저들은 누구냐?"

"아! 저분들은 궁 공자님의 손님들입니다."

"손님? 새외인들 같은데?"

"네⋯⋯."

질문이 부담스러운 듯 편가연의 표정을 달리했다.

"백부, 그리고 오라버니! 어서 들어가셔요. 기별 없이 오셔서 따로 준비하진 못했지만 정성을 다해 모실게요."

편가연의 말에 지금까지 묵묵히 있던 편무열이 문득 입을 열었다.

"아니다, 가연아! 아버지와 난 따로 볼일이 있다. 그저 편안히 차 한잔 마시고 갈 수밖에 없구나."

"어머, 한 며칠 머무실 줄 알았더니. 서운해요."

"조만간 다시 오도록 하마. 아버지도 그 궁외수란 친구를 보고 싶어 하시니까 자주 들르겠다."

"알겠어요. 어쩔 수 없죠. 일단 어서 들어가셔요."

"그래. 들어가자."

편가연이 편장우 부자와 함께 같이 나왔던 이들 속에 파묻혀 다시 본채로 향했다.

그들을 보고 있던 송일비가 팔짱을 낀 채 콧김을 뿜었다.

"흠, 부전자전이군. 역시 어딘지 기분 나빠. 아버지나 아들이나."

혼자 심각한 얼굴로 중얼거리고 섰던 송일비가 문득 뒤에 북해 빙궁 세 여인이 있다는 것을 깨달았는지 표정을 싹 바꾸고 돌아섰다.

"하하하, 설선, 설화, 설영 낭자! 이 좋은 날씨에 방에 들어가면 뭐하오? 우리도 같이 차나 즐기며 담소를 나눔이 어떻겠소."

송일비가 최대한 부드러운 태도로 꼬드겼지만 돌아온 건 차디찬 칼바람뿐이었다.

"시끄러!"

쌩 돌아서 가버리는 세 여인. 또 혼자가 되어버린 송일비가 여전히 아쉬운 입맛을 다시며 괜한 뒷머리만 긁고 있었다.

*   *   *

[무열아, 왜 서두르는 것이냐?]

[아버지, 서둘러 백수 쪽에 연락해 그들을 불러들여야 합니다.]

[응?]

[그놈이 없는 지금이 기회 아닙니까? 궁외수, 그놈이 무슨 재주로 지금까지 살수들을 다 막아냈는지 모르겠지만 어쨌든 그놈 때문에 가연이 살아 있는 것이니 절호의 순간입니다. 백수 쪽은 그때 닦달을 해뒀으니 이미 준비를 마쳤을 겁니다.]

[그렇군. 생각이 짧았다. 그러자꾸나.]

아들 무열의 생각을 확인한 편장우가 속으로 득의의 웃음을 흘렸다.

"가연아!"

"예, 백부!"

"아까 그 아이들이 궁금하구나. 네 정혼자의 손님이라던."

편가연은 또 그녀들 이야기가 나오자 곤란해했다. 정체를 노출할 수 없는 여인들이라 어쩔 수 없었다.

"그들도 널 돕고 있는 것이더냐?"

"아닙니다. 손님들이라 잠시 머물고 있을 뿐입니다."

"궁외수란 아일 기다리는 것이냐?"

"그런… 셈입니다."

머뭇대는 편가연.

눈치가 빠한 편장우가 찻잔을 들며 짐짓 장난을 치듯 흘겼다.

"큰아버지인 나에게 숨길 것이 있느냐? 말을 편히 못 하는구나."

"아닙니다, 백부! 단지 제 손님이 아니라 입을 열기가 좀……."

"하하, 알겠다. 나도 단지 그들이 검을 지니고 있고 이국적이어서 물어본 것뿐이다."

"네……."

듣고 있던 편무열이 화제를 바꾸었다.

"세가의 사업은 잘 돌아가고 있느냐?"

"네, 오라버니!"

"음, 그것 다행이구나. 숙부께서 변을 당하시고 외원의 실무를 맡고 있는 수뇌들이 많이 흐트러졌을 줄 알았더니."

"가족이나 다름없는 분들인걸요. 아버지 계실 때나 안 계실 때나 한결같이 맡은 바 책무를 다해주고 계십니다."

"참, 숙부를 해한 자들에 대해 알아낸 것이 있느냐?"

"궁 공자께서 신경을 쓰고 있습니다만 아직 명확히 드러난 것은 없습니다. 단지 저번에 침입했던 자객에게서 두 자루의 칼을 취했는데 그것이 중요한 추적 단서가 될 것이라더군요."

"두 자루의 칼?"

"네. 각기 길고 짧은 자객도였는데 그것이 사하공의 절대 신병 중 하나라고 했습니다. 그래서 추적이 가능할 것이라고."

"……."

찻잔을 입에 물고 아버지 편장우와 눈을 맞추는 편무열. 그는 능청스럽게 말했다.

"알아내는 게 있으면 주저하지 말고 우리에게도 알려라."

"네, 오라버니! 그런데 작은 오라버닌 어디 계세요?"

"무결이? 집에 있다. 콕 처박혀서 무공 수련 중이다."

"무공 수련이요?"

"응. 아마 한동안 안 움직일 모양이던데. 전할 말이 있느냐?"

"아니요. 못 본 지 꽤 되었고 소식도 끊어져 그냥 안부가 궁금해서요. 수련한다면 방해하지 마세요."

"그러마. 우린 일어나야겠다. 아버지, 가시죠."

"잠깐만요."

편장우와 무열이 일어나자 편가연이 급히 따라 일어서며 붙잡았다. 그리곤 뒤에 대기 중인 대총관 설순평에게 눈짓을 했다.

그러자 설순평이 얼른 다가와 품속에서 봉투 하나를 꺼내 내밀었다.

꽤 두툼한 봉투. 그것을 받은 편가연이 바로 편장우에게 건넸다.

"백부, 그동안 경황이 없어서 전해드리지 못했어요. 죄송해요."

편장우가 모르는 척 물었다.

"이게 무엇이냐?"

"아버지께서 백부께 드리던 거예요."

"음, 이것 때문에 온 것이 아닌데."

"아버지가 신경 써오시던 것보다 더 준비했습니다. 앞으로도 이렇게 섬서로 보낼게요."

"그래, 고맙구나."

편장우가 두말없이 봉투를 받아 넣자 편가연이 미소를 머금었다.

"큰오라버니, 궁 공자가 돌아오면 꼭 백부 모시고 다시 오세요. 기다리겠어요."

"그래, 그러마."

편무열과 편장우는 가지런한 자세로 서서 배웅을 하는 편가연을 뒤로 하고 본채를 빠져나갔다.

[아버지, 백수 쪽 준비가 끝났다면 하루 이틀 안으로 확실히 끝내는 게 좋겠습니다.]

[나도 그리 생각한다.]

편장우 편무열 부자는 극월세가 본채를 벗어나자마자 또 전음을 주고받기 시작했다.

[그런데 그 이방인들이 신경 거슬리는구나. 가연이가 애써 숨기려는 것 같은 인상도 그렇고.]

[이렇게 하죠. 백수 쪽 살수들 외에 우리도 무망살을 불러 함께 포함시키는 것으로.]

[뭐? 그들을 움직이는 건 네가 그동안 반대해 온 일이지 않느냐?]

[이번엔 아닙니다. 백수 쪽이 정말 대대적으로 준비했다고 해도 그동안 계속 실망스런 결과만 보였으니 확실하게 끝을 내기 위해 부르는 게 좋을 것 같습니다.]

[음!]

[마음 같아서는 제가 직접 복면을 하고 나서 끝장을 내고 싶습니다만 아무래도 혈육이다 보니.]

[아니다. 무망살을 부르자. 몇 명이면 될 것 같으냐?]

[열 명만 부르죠.]

[열 명이나?]

[예. 그 정도는 돼야 확실할 것 같습니다. 무지렁이들이라고 해도 위사들 수가 꽤 많으니까요.]

[그래, 좋다! 그렇게 해라!]

[예, 아버지! 흐흐흐!]

두 사람이 마주보며 걸어가고 있을 때 불쑥 옆에서 한 사람이 히죽대며 튀어나왔다.

"하하, 가시는 것입니까?"

우렁차면서도 능글맞은 듯한 목소리. 송일비였다.

전음을 주고받느라 그의 접근을 인지 못한 편무열의 눈자위가 실룩거렸다.

"무엇이냐?"

"아니, 모르는 분들도 아닌데 가시는 것 같아 인사나 드리려고. 그런데 뭔가 즐거운 일이 가득한 모양입니다? 입에 가득 웃음을 물고 전음까지 주고받으시는 걸 보니."

빠직.

움켜쥐어진 편무열의 주먹이 바르르 떨었다.

송일비가 모른 척 능청을 떨었다.

"하하, 좋은 일이면 같은 식구로서 같이 기뻐해야겠죠? 하하하, 살펴 가십시오. 다음에 또 뵙겠습니다."

꾸뻑 인사를 하고 바로 돌아서 가는 송일비.

그를 노려보는 편무열의 눈에서 불이 일고 있었다.

[으드득! 아버지. 저놈부터 죽여야 됩니다. 궁외수 그놈 대신 호위를 맡고 있다니까 그나마 가장 실력이 있는 놈일 겁니다.]

[후후, 흥분하지 마라. 고작 저런 놈을 두고 흥분해서야 되겠느냐. 가자!]

편장우가 의연하게 걸음을 옮겨가자 어쩔 수 없이 편무열도 죽일 듯한 시선을 거두고 따라 움직였다.

그들이 멀어지자 그제야 돌아보는 송일비. 노려보는 그의 눈매도 가볍지 않았다.

"수상해, 수상해! 여간 수상한 게 아냐! 뭘까, 이 더러운 기분은?"

의문을 품은 송일비가 우두커니 서서 지켜보고 있을 때 마침 시시가 본채를 나왔다.

"시시 소저?"

"네?"

"물어볼 게 있소."

"말씀하세요."

"방금 나간 두 사람 말이오. 그들이 즐겁게 웃으며 나갈 이유가 안에서 있었소?"

"웃으며 나갈 이유요? 아! 있었죠."

"뭐요, 그게?"

"호호, 아가씨께서 큰집을 지원하는 적잖은 돈을 주셨거든요."

"돈?"

"네. 예전부터 큰집인 섬서 편씨무가를 주기적으로 지원해 왔었는데 한동안 못 주다가 이번에 한꺼번에 다 주셨거든요. 호호호."

송일비가 다시 편장우와 편무열이 사라져 간 곳을 응시했
다.

"그것 때문인가?"

"그런데 왜 그러서요?"

"아, 아니오. 그냥."

시시의 물음을 얼버무린 송일비가 또 괜한 뒷머리만 긁어
댔다.

第五章

음흉한 외수

장하다, 내 아들!

　　　―궁뇌천이 천하절색 미녀들을 거느리고 나타난

　　　　　　　　　　　　　　　　　외수를 보고

　고대부터 서래제일산(西來第一山)으로 불린 공동산.

　웅장하면서도 험준하고 수려한 산세 속에 봉황령(鳳凰嶺),
상천제(上天梯), 월석협(月石峽) 등등 빼어난 자연경관을 품은
곳.

　그곳이 지금 폭발 직전 상태로 치닫고 있었다.

　"네 이놈, 지금 그걸 말이라고 하느냐?"

　공력이 실려 쩌렁쩌렁 울려 퍼지는 노성(怒聲). 일천 명에
달하는 모든 제자가 모여든 상천관 앞 대광장에서 공동파 장
문 충령자(忠寧子)가 내지른 고함이었다.

그는 자신의 눈과 귀를 믿지 못하고 있었다. 무려 열 명의 제자들이 죽거나 회복 불능 상태로 다쳐 돌아온 상황. 자신의 기억 속에 공동파가 이런 꼴을 당한 적이 없었다. 그것도 차마 눈뜨고 볼 수 없을 정도로 무참히.

쪼개지고 분리된 시체들. 더 기가 막힌 건 이것이 고작 스물 정도밖에 안 된 어린 놈 하나에게 일방적으로 당한 꼴이라는 것이었다.

충령은 격노한 감정을 다스리지 못하며 유일하게 멀쩡한 상태로 살아 돌아온 삼대제자를 죽일 듯이 노려보았다.

"자, 장문!"

공포에 질려 주저앉고 마는 젊은 도사. 그는 그대로 엎어진 채 머리를 박고 오열했다.

하는 수 없이 충령은 제자들을 이송해 온 이들에게로 성난 눈을 돌렸다. 청성파의 제자들과 무림맹의 몇 사람이었다.

"어떻게 된 일이냐. 우리 아이가 한 말이 정녕 사실이란 말이냐?"

고개를 떨어뜨린 채 서 있던 청성파 오범양이 침통히 대답했다.

"장문, 불행히도 모두 사실이고 현실… 입니다."

우두두둑.

장문 충령의 전신에서 뼈마디가 뒤틀리는 소리가 났다.

"너희들은 뭘 한 것이냐? 같은 자리에 있었다는 놈들이 본 파 제자들이 이렇게 당하는 걸 구경만 했단 말이냐?"

"그, 그것이……."

오범양이 대답을 못 하고 의기소침한 모습을 보였다. 어찌 되었든 방관한 꼴이니 죄 지은 심정인 탓이다.

그러나 무림맹의 일원으로 온 개방의 장로 동각타가 나섰다.

"장문! 두 가지 이유로 저희들도 어쩔 수 없었던 상황이니 이해해 주십시오."

"무어야?"

나이 팔십에 이르렀고 한 배분 위의 인물인 충령은 노기를 멈추지 않았다.

"그 이유가 무엇이냐? 도대체 얼마나 절박한 이유가 있기에 네놈들이 본 파 제자가 이 꼴이 되도록 외면만 했단 말이냐? 그리고 어째서 놈을 잡아끌고 오지 않고 떠나도록 내버려 두었느냐?"

마치 고의로 그런 게 아니냐 식으로 몰아가고 있는 충령의 노화였다.

그의 입장에선 당연했다. 한두 사람도 아니고 무림맹 인원들까지 있었던 자리에서 자기들만 날벼락을 맞았으니 의심이 날 수밖에 없었다.

"장문, 공동의 어린 제자가 증언했다시피 도무지 끼어들 틈이 없었을 만큼 충격적인 상황이 전개됐다는 게 첫 번째 이유이고, 두 번째는 공동파의 행사가 지극히 사적이어서 우리가 나서서 도울 수가 없었던 것이며, 그리고 세 번째는 싸움에 대한 설득력이 미흡했던 점도 우리 모두를 머뭇대게 했던 요인입니다."

"무어라? 설득력?"

충령의 눈자위가 심상찮게 뒤집혔지만 동각타는 주저하지 않고 대답했다.

"그렇습니다. 공동파 형제들이 철랑 조비연이란 아이에게 했던 주장이 일견 일리도 있었으나 지켜보는 저희들 입장에서야 다소 억지스럽단 느낌을 지울 수 없었던 게 솔직한 심정입니다."

"철랑… 조비연?"

눈을 껌뻑대는 충령. 누군지 알고 있지 못하단 표정이 역력한데 동각타가 일깨우듯 말을 이었다.

"과거 구암이란 공동파 파문제자의 전인이라 하더군요. 사태의 시작은 그 아이가 가진 절대신병과 비도술 회수 문제 때문이었습니다. 그리고 우리가 궁외수란 아이를 그 자리에서 응징하지 못했던 건 그 아이가 가진 신분 때문이기도 했습니다."

"신분이라니?"

"그 아이의 이름을 장문인께서도 머릿속에·담고 계실지 모르겠습니다만, 올해 무림 후기지수 대회에서 우승했다는 바로 그 아이입니다."

"……?"

"극월세가에 적을 두고 있고 편장엽의 딸이자 현 극월세가주 편가연의 정혼자라는 사실. 거기다 그 아이가 보였던 믿어지지 않을 만큼의 엄청난 무위. 그런 것들 때문에 이후 발생할 우려스런 일들을 좀 더 신중히 준비하고 대처할 필요가 있어 일단 미룬 것입니다. 만약 그런 여러 사정이 걸려 있지 않았다면 어찌 저희가 동도인 공동파의 화를 외면만 하고 있었겠습니까. 비록 공동파의 동도들이 차마 가슴으로도 받아들일 수 없는 무참한 비극을 당했지만 결코 쉽게 다룰 문제가 아닙니다, 장문!"

"듣기 싫다! 그딴 것을 지금 변명이라고 늘어놓느냐?"

충령의 노기는 조금도 줄어들지 않았다. 오히려 동각타의 말이 더 자극이 된 듯 더욱 들끓는 안광을 표출했다.

"장문, 조금만 고정하십시오. 이건 비단 공동파뿐만이 아니라 무림 전체가 충격에 빠질 사건입니다. 당연히 공동파의 결정이 우선이겠지만 곧이어 무림회의가 소집될 건 뻔하고 궁외수와 극월세가 처리를 두고 따로 논의가 시작될 것입니다."

"시끄럽다! 본 파는 어느 누구의 간섭과 참견도 원치 않는다! 이 꼴을 당한 우리가 남의 시선을 의식하며 응징에 나설 것 같으냐?"

펄펄 끓기만 하는 충령. 그는 이 시점 아무것도 보이지 않았다.

충분히 감정을 다스릴 수 있고 이것저것 따지며 사리판단을 할 수 있는 인물이었지만 오로지 자신의 제자가, 공동파의 제자들이 죽임을 당한 채 돌아와 자신 앞에 누웠다는 현실에 완전히 이성을 빼앗기고 있었다.

"장문, 극월세가가 가진 위상도 고려해 봐야 하지 않겠습니까."

"닥치고 맹으로 돌아가 북 맹주에게 내 말을 똑똑히 전해라! 상대가 극월세가든 무엇이든 본 파를 도발한 만행에 대해 수백 배 처절하고도 철저히 되돌려 줄 것이다. 이것은 명백히 우리 공동파를 업신여기고 능멸한 행위. 만약 이에 끼어들어 간섭하려는 자가 있다면 그 역시 똑같이 적으로 간주하고 단죄할 것임을 명심하라!"

"……."

말문이 막힌 동각타였다.

"무엇하고 섰느냐? 꼴도 보기 싫다! 모두 꺼져라!"

얼마나 화가 났는지 보여주는 외침. 어쩔 수 없었다. 동각타를 비롯한 무림맹 몇몇 인원과 청성파 일행이 정중히 인사를 하고 자리를 떴다.

그들이 떠날 때까지 이를 갈아대며 눈길도 주지 않던 충령이 다시금 부상자들과 죽은 제자들의 시신을 내려다보곤 둘러선 제자들에게 소리쳤다.

"즉시 공동의 모든 힘을 결집해 범인 추포(追捕)에 나선다! 일대제자들은 놈을 잡을 대책회의에 임하고 이대제자들은 추격에 나설 준비를 갖추라!"

광분한 충령의 명령에 모두가 움찔거렸다.

충령은 분노를 그치지 않았다.

"이유야 어찌되었건 본 파의 제자를 죽인 것은 결코 용서할 수 없는 행위다. 이는 우리 공동을 철저히 무시하고 있다는 뜻! 반드시 잡아다 여기 상천단(上天壇)에 무릎을 꿇려라! 놈이 뼈저린 후회를 하며 죽어갈 수 있도록 처절한 응징을 내리겠다! 또한 놈의 배경이라는 극월세가에 대한 응징도 주저할 것 없다. 감히 상가의 명성으로 수백 년간 도문(道門)의 위상을 유지해 온 우리 공동의 자부심을 훼손한 대가가 어떤 것인지 만천하가 모두 깨닫도록 해줘라!"

굉장한 노성으로 울려 퍼진 명령. 아무도 상상 못 한 극월세가를 향한 공동파의 분노였다.

걷잡을 수 없게 되어버린 상황.

그것은 무림에 불어닥칠 혈난의 예고와 다름없었다.

＊　　　＊　　　＊

휙휙! 붕붕!

밤바람을 가르는 파공성.

잠을 잘 생각도 없이 검을 휘두르는 일에 빠져 있는 외수를 물끄러미 보고 있던 비연이 고개를 갸웃하며 물었다.

"이봐, 그게 무슨 무공이야?"

"응?"

나무 밑에 자리를 깔고 앉아 있는 비연을 돌아보는 외수.

"음, 파천… 대구식?"

자신도 잘 모르겠단 듯이 애매하게 대답.

"파천대구식?"

"응."

"……?"

이해 못 하겠단 얼굴의 비연. 외수가 싸우는 것은 이번에도 봤지만 그가 익힌 무공 초식을 보는 것은 처음인 비연이었다.

"이름은 그럴싸한데 초식들이 왜 그래?"

"이상해?"

"이상한 정도가 아니라 수준이 너무 낮잖아. 뭐야? 진짜 네 무공을 펼쳐 봐. 구경 좀 하게!"

"없어!"

"뭐?"

"이게 내가 익힌 무공 전부야."

멋쩍다는 듯 씨익 웃는 외수. 하지만 비연은 믿을 수가 없었다.

"장난해? 보여주기 싫음 관둬!"

"흐흐, 오해하지 마. 미안한데 진짜야. 나 이거밖에 몰라."

"……."

어이없어 화가 날 지경이란 표정의 비연.

"말도 안 되는 소리! 그런 초식밖에 모르면서 무림 후기지수 대회에서 어떻게 우승했고 어떻게 무림삼성을 상대했단 말이야? 그리고 그 공동파 이대제자들까지… 그건 거의 칼을 휘두르는 법밖에 모르고 싸웠단 말과 같잖아."

"그런가?"

"야!"

외수의 뜨뜻미지근한 대답에 기어코 비연이 벌떡 일어나 손가락까지 내지르며 소릴 질렀다.

"날 놀리려는 수작이야? 엊그제 객잔에 네가 보인 초식들은 지금의 그것보다 몸서리가 쳐질 만큼 무섭고 위력적이었어! 그걸 나더러 믿으라고?"

"맞아. 그래서 각 초식에 살을 붙였어. 다시 잘 생각해 봐. 순서만 다를 뿐 분명 난 파천대구식의 범주 안에서 싸웠으니까. 뭐 물론 가끔은 상대의 초식을 그대로 흉내 내어 따라한 적도 있었지만 그것조차 장점을 기억해 파천대구식에 접목시켜 버렸으니까 결국 네가 본 건 전부 파천대구식 초식이야."

"……."

언뜻 이해를 못 한 비연이 외수가 싸우던 모습과 조금 전 펼친 초식들을 곰곰이 따져 보기 시작했다.

"……?"

"어때? 똑같지?"

외수의 물음에 비연이 세차게 고개를 저어 부정했다.

"아냐! 믿지 못하겠어! 직접 증명시켜 봐!"

"어쩌라고."

비연이 바로 칼을 집어 들었다.

"비무!"

"엥? 싸우자고?"

"그래. 직접 확인시켜 봐!"

쓰르릉.

정말 칼을 빼들고 다가서는 비연.

"어이, 이봐. 난 비무 같은 거 잘 못해! 그만 둬. 다칠 수 있어!"

"그럼 후기지수 대회 어떻게 치렀어?"

"그때도 실전이나 다름없는 대결이었어. 낭왕의 신공이 걸려 있어서 다들 눈에 불을 켜고 싸웠고 부상자도 많이 나왔지. 나도 꽤 다쳤었고!"

"상관없어! 그래도 난 확인해 볼 거야. 네 말도 안 되는 그 주장을!"

휙!

비연이 거침없이 몸을 내던졌다.

"이런!"

외수가 물러나며 다짜고짜 덮쳐 오는 비연의 칼을 응수했다.

캉!

무식했다. 칼도 여자의 무기라고 하기엔 무식할 정도로 큰데 거침없이 몰아쳐 오는 공격도 여자라고 하기엔 무척 우악스러웠다.

카앙! 캉! 카앙! 캉!

"뭐해? 받아치기만 할 거야? 그래선 내가 알 수 없잖아?"

"다친다니까!"

"네 말대로라면 안 다쳐! 다칠 리가 없잖아! 그런 엉성한 무공에 다치는 멍청이가 어딨어?"

비연이 더욱 거칠게 몰아치며 외수의 반격을 유도했다.

철랑 조비연. 그녀의 무공은 당연히 일곱 개의 비도로 펼치는 월령비도술이 첫 번째다. 하지만 현상금 사냥꾼 노릇을 하며 실전으로 다져진 도법도 이미 굉장한 수준을 자랑하는 그녀였다.

긴 팔다리로 펼쳐 내는 '노정도법(路程刀法)'.

물론 그것 역시 스승인 구암이 전수한 것이지만 본래 있지도 않았던 무공을 혼자 남을 비연을 위해 사망하기 얼마 전 급히 만들어 가르친 것이었다.

평생 길바닥 위에서 살아온 삶의 여정을 의미해 붙인 이름, 노정도법.

그것을 어린 비연은 생사를 오가는 실전을 통해 완벽히 몸에 익혔고 그 수준까지 무섭게 끌어올려 지금에 이른 것이었다.

비록 바닥 생활을 했지만 그녀와 같이 했던 동료들은 그녀의 재능과 무위를 현상금 사냥꾼들 중 최고로 쳤고 언젠가 낭왕 염치우에 필적하는 위상을 누릴 것이라 확신할 정도였다.

캉! 캉캉캉!

"야! 자꾸 도망만 갈 거야? 내가 확인할 수 있게 반격을 하란 말이야!"

지금 모습이 비연의 성격이었다. 직선적이고 대담하고

과격한.

'철랑(鐵狼)'이란 별명은 현재 눈이 뒤집힐 정도로 탈바꿈한 외모엔 전혀 어울리지 않지만 결코 괜히 붙은 게 아니었다.

외수가 야릇한 눈초리를 흘리며 대꾸했다.

"정말 내 무공을 보고 싶어?"

"그래! 믿을 수가 없으니까! 당연히!"

"후회할 텐데?"

어딘지 음흉할 정도로 점점 야릇해지는 외수의 웃음이었지만 비연은 보지 못했다.

"흥! 날 우습게 보는군. 상관없어! 후회할 정도로 공격이나 해봐!"

"알았어! 이엽!"

쾅쾅쾅쾅!

기합까지 넣으며 망설이지 않고 역공을 펼쳐 가는 외수. 비연이 여자치곤 대단한 힘을 가졌지만 힘이라면 단연 외수였다.

지금까지 단순한 공격만 했던 비연이 대번에 밀리는 것은 당연한 일. 도끼로 내리찍듯 무차별적이고 우악스럽게 휘두르는 외수의 검에 비연은 노숙을 하던 나무 아래까지 쭉 밀려갔다.

산속이라 걸리적거리는 것도 많은 곳. 작은 바위에 뒤꿈치가 걸리며 졸지에 비연의 신형이 균형을 잃고 흐트러졌다. 다행히 뒤에 나무가 있어 쓰러지진 않았지만 더 물러날 수 없게 된 상황.

우악스럽게 몰아치던 외수의 검이 나무와 같이 쪼개 버릴 듯 머리 위에서 내려쳐졌다.

"아앗?"

비연이 비명까지 터트릴 정도로 인정도 없고 사정도 없는 거침없는 일격. 비연이 분명 살의를 느꼈을 정도로 거칠고 과격한 일격이었다.

쾅!

간신히 칼을 들어 막은 비연은 자기도 모르게 눈을 질끈 감은 듯했다. 마치 벼락을 얻어맞은 듯한 느낌. 손아귀가 저릴 정도였다.

외수가 검을 찍어 누른 상태로 득의를 흘렸다.

"어때? 항복하지?"

눈을 뜬 비연이 독기를 물고 째렸다.

"시끄러! 누가 이딴 거 보자고 했어? 네 필살의 초식들을 보이란 말이야!"

"그래?"

"그래!"

카가각!

찍어 누르고 있는 외수의 검을 밀어내기 위해 거칠게 저항하는 비연.

하지만 그때 그녀의 오른쪽 가슴에 전혀 예상치 못한 공격(?)이 엄습했다.

물컹.

"……?"

움직임에 의한 출렁임 따위가 아니었다. 무언가 끈적함이 느껴지는 이질감.

비연은 쳐들려 있는 자신의 두 팔 아래로 뻗어 들어온 외수의 팔을 따라 눈을 떨어뜨렸다.

가슴을 덮쳐 움켜쥔 솥뚜껑 같은 손. 분명 외수의 손이었다.

비연은 머릿속이 멍할 정도로 이 상황 이 현실이 뭔가 싶었다.

천천히 고개를 들어 외수를 쳐다보는 비연.

"뭐… 지?"

길게 찢어져 올라가 귀에 걸린 외수의 입, 짓궂은 어린아이처럼 반짝반짝 장난기가 가득한 눈, 그게 외수의 표정이었다.

"뭐냐니?"

"이 손… 뭐냐고?"

"내 필살기를 보여 달라며?"

"……."

일그러지는 비연의 안면.

그 순간에도 외수의 손은 주물럭주물럭 제 맘대로 놀고(?) 있었다.

"이 새끼가?"

부악!

단숨에 찢어버릴 듯 거도를 휘두르는 비연.

하지만 외수는 어느새 멀찌감치 달아나 있었다.

"왜 이래? 진정하라고. 내 싸움 방식이 이런 걸 어떡해? 알면서!"

"너 죽었어!"

부욱! 부욱! 카캉!

"정말 이럴 거야? 그러게 후회한다고 했잖아?"

"시끄러! 이 음흉한 인간! 반드시 그 손목을 잘라놓고 말겠어!"

부욱! 부악! 휙! 휙! 휙!

정말 살기까지 실어 미친 듯이 칼을 휘두르는 비연이었다.

하지만 외수는 얄미울 정도로 아슬아슬 요리조리 잘도 피해 다녔다.

"왜 도망 다녀? 피해 다니지 말고 붙으란 말이야, 이 새끼야!"

"나참, 말해도 못 알아듣는군."

악에 받친 비연. 마음만 급해 허둥대는 것처럼 보일 정도였는데 그 틈을 외수가 또 파고들었다.

카앙!

귀가 따가울 만큼 강한 쇳소리. 비연의 칼이 또 힘에 밀려 위로 튕겨졌다. 그녀의 신형이 휘청할 정도였다.

와락.

"……?"

외수의 손이 허리를 휘감는가 싶더니 비연의 몸은 외수의 몸에 찰싹 붙어버렸다.

꼼짝도 못 하게 끌어안아버린 외수. 그는 다시 비식 웃었다.

"그만하지?"

"……."

"이게 파천대구식과 응용해 싸우는 내 방식이야. 상대의 약점을 이용할 수 있으면 다 이용하고 주변에 활용할 수 있는 것들은 다 활용하는."

"미친 새끼! 놔! 놓고 물러나!"

"어쭈? 인정 못 하겠다는 거야? 웬만하면 승복하는 게 좋을 텐데?"

다시 수상하게 돌아가는 외수의 눈초리.

발버둥을 쳐 보는 비연이지만 외수의 완력에서 빠져나갈 순 없었다. 너무 꽉 휘어감은 데다 팔다리마저 마음대로 움직일 수 없어서였다.

어쩔 수 없이 비연은 외수의 혈도를 노렸다. 목 뒤든 등짝이든 급소에 해당하는 혈도는 많으니까.

그러나 손을 움직이는 순간 비연은 눈알이 튀어나올 만큼 두 눈을 부릅뜬 채 헛숨까지 토하며 빳빳이 굳고 말았다.

"헛?"

외수의 간악무도한 손. 그 끔찍한 손이 더듬더듬 등허리를 쓸며 내려와 치켜들 듯 엉덩이를 움켜쥐어 버린 것이다.

외수의 얼굴은 그대로였다. 장난기 가득한 천진난만한 얼굴로 빙글대고 있는 음흉한 색마(色魔).

"이이. 이, 음적(淫敵)!"

"후후, 그래? 감히 음적이라고 했겠다?"

쓰윽.

"흡!"

숨조차 멎을 것 같은 비연의 충격. 외수가 엉덩이를 당겨 아랫도리를 밀착시켰기 때문이다.

"……?"

거기다 비비적대고 주물럭거리기까지.

아아…….

순식간에 흐트러지는 정신. 비연은 신음까지 흘릴 뻔했다.

온몸의 힘이 풀리고 눈까지 풀려버리는 절망감.

"감히 음적이라고 했겠다."

부비부비. 말캉말캉.

외수의 계속되는 만행(?)에 비연이 이미 얼굴이 빨개져 버린 얼굴을 떨어뜨린 채 중얼거렸다.

"그, 그만……."

"뭐라고?"

웅얼대듯 미약하게 흘린 말이었기에 외수가 알아듣지 못했다.

더 깊이 숙여져 돌아가는 비연의 고개.

"그만… 하라고."

"크하하, 항복이야?"

그제야 외수가 만행을 멈추고 풀어주었다.

휘청.

충격에 걸음도 제대로 못 걷는 비연. 자리를 깔아놓은 곳으로 가려고 했지만 다리가 풀려 몇 번이고 휘청대기만 했다.

그 모습을 물끄러미 서서 보고만 있는 외수였다.

나무를 짚고 간신히 후들거리는 다리를 추슬러 앉는 비연. 외수와는 반대 방향으로 등을 보이고 앉은 그녀는 웅크린 채 꼼짝도 하지 않았다. 물론 말도 하지 않았고 돌아보지도 않았고 아예 숨소리조차 흘리지 않았다.

보고 있던 외수가 뒷머리를 긁으며 고개를 갸웃했다.

'이상한데? 좀 심했나?'

난감해하는 외수.

하지만 뒷머리를 긁으며 미안해하는 정도로 끝날 문제가
아니었다.

다음 날. 늦게 잠든 바람에 햇살이 눈을 따갑게 비쳤을 때
에야 잠에서 깬 외수.

잔뜩 찡그린 채 손으로 눈을 비비다가 문득 커다랗게 드리
운 그림자가 있다는 걸 깨닫곤 슬그머니 눈을 떴다.

"엇? 뭐, 뭐야?"

화들짝 놀라 상체를 일으키는 외수. 큰 키의 비연이 커다란
바위를 두 손으로 머리 위 높이 쳐들고 태양을 가린 채 서 있
었기 때문이었다.

번들거리는 눈매. 그녀의 시선은 외수 아랫도리 한가운데
에 정확히 꽂혀 있었다.

"으드득, 터뜨려 버릴 거야!"

마치 원한에 사무쳐 광기(狂氣)가 들린 여인이 흘리는 목소
리 같았다.

"으악!"

비명을 내지르는 외수. 거침없이 내려찍히는 커다란 바위 때문이었다.

콱!

아예 땅을 파고 박혀 들어가 버린 섬뜩한 바위.

뒤로 기어 물러나며 두 다리를 쫙 벌려 피했기 망정이지 여지없이 사내의 상징을 잃을 뻔한 외수였다.

후다닥 일어나는 외수.

"야! 장난 좀 친 것 같고 왜 이래?"

"장난?"

마치 처녀귀신의 대꾸같이 서늘한 기운. 쳐다보는 눈초리도 그와 다르지 않았다.

하지만 외수는 당당했다.

"그래! 장난이었어! 이해 못 해? 난 스물한 살의 신체건강 혈기왕성한 청년이라고. 지나가는 여자 향기만 맡아도 아랫도리가 꾸물꾸물 머리를 쳐드는 갓 스물한 살의 사내!"

"그래서?"

"엉? 그, 그래서 살짝, 아주 살짝 짓궂게 장난 좀 친 건데……."

처음엔 당당하게 소리쳤던 외수가 기어들어 가는 목소리로 눈치를 봤다.

아니나 다를까, 바로 파공성을 일으키며 뽑혀 날아오는

그녀의 칼.

"이 새끼야, 그 장난을 왜 나한테 쳐!"

부악!

걸리면 단칼에 두 쪽이 나고 말 무지막지한 칼부림이었다.

하지만 외수는 그 칼에 걸리지 않았다. 되레 너무 힘이 들어간 탓에 칼을 휘두른 비연의 몸이 휘청 앞으로 쓰러질 정도였다.

다행히 외수가 잽싸게 휘청대는 그녀를 붙잡아 안았다.

혹여 다시 칼을 휘두를까 봐 뒤에서 안아버린 외수. 그리곤 얼른 속삭이듯 귀에 대고 말했다.

"이봐 비연! 나보다 네가 나이도 네 살이나 많은 누나잖아. 그러니까 너그럽게 이해해 줘! 자연에 살아가는 수컷이란 놈들이 다 그렇다던데. 응?"

"……."

비연은 어깨를 움츠렸다. 뒤에서 속삭이는 외수의 입김이 뜨거웠기 때문이다.

하지만 표정은 천천히 누그러졌다. 누나라는 말 때문에 녹았고 혈기왕성한 수컷이란 말도 이해할 수 있을 듯해서였다

그런데, 정말 이해하려고 마음을 다잡고 있는데.

"……?"

가슴과 아랫배, 엉덩이로 슬금슬금 옮겨 다니는 손.

물컹. 스슥. 조물딱조물딱.

이번엔 아주 은밀한 곳(?)까지 습격해 더듬대는 외수의 손이었다.

"······?"

"······?"

외수도 놀라고 비연도 놀라고.

외수가 화들짝 비연을 밀치며 떨어졌다.

"이, 이런!"

자기도 모르게 손이 움직였다는 걸 확인시키기라도 하듯 놀란 얼굴로 자기 두 손을 내려다보며 어이없단 표정을 짓는, 아주 '뻔뻔한' 외수.

"으드득! 빠드드득!"

이가 으스러질 듯한 소리를 내는 비연이었다.

"이 음탕한 놈! 색광(色狂)! 음마(淫魔)!"

"아니야, 아니야! 이건 순전히 생물학적 요인에 의해 나도 모르게······?"

두 손을 내저으며 슬금슬금 물러나는 외수. 하지만 늦었단 걸 충분히 인지할 수 있었다.

부웅! 쐐액! 쐐애액!

칼을 휘두르는 것은 물론이고 월령비도까지 꺼내 집어던지는 비연이었다.

외수는 비도의 섬광이 번뜩이는 순간 뒤도 돌아보지 않고 줄행랑을 쳤다.

"으아아아, 잘못했어! 한 번만 봐줘! 요즘 들어 부쩍 아랫도리가 요상해서 발광을 해대서 그런 거야! 나도 주체를 못 할 정도란 말이야! 이런 아침엔 더 심하다고. 그러니까 한 번만 살려줘!"

"닥치지 못해? 정혼녀까지 있는 놈이 어떻게? 아예 사내구실을 못 하게 다 잘라 버릴 테다. 거기 서! 서란 말이야, 이 새끼야!"

외수는 멈출 수가 없었다. 날아오는 비도도 무섭지만 다 잘라 버리겠단 비연의 말이 더 무서운 탓이다.

타고 온 말도 내버려 두고, 잠자리 옆에 놓아두었던 자신의 검까지 버려둔 채 도망치는 외수.

그럴 수밖에 없었다. '우연을 가장한 만행'도 아닌 은밀한 곳까지 범해 버린 현행범이라 비연의 비도가 날아와 어깨며 등에 푹푹 박히는데도 오직 앞만 보고 달렸다. 오로지 살기 위해.

第六章

대위기

내가 선수인지 저놈이 선수인지 모르겠네.

—송일비가 외수를 보며

극월세가 별채 외수의 방.

주인도 없는 방에 반야의 손을 잡은 시시가 들어왔다.

"반야 아가씨, 여기에 잠시 앉아계세요."

외수가 부탁한 대로 틈만 나면 반야와 함께하는 시시. 그녀
는 햇볕이 잘 드는 창가 자리에 반야를 앉히고 혼자 분주히
움직이기 시작했다.

"방에 꽃이 많군요."

문득 반야가 던져 온 말에 걸레를 들고 이곳저곳을 닦고 있
던 시시가 방긋 웃으며 돌아보았다.

"네, 아가씨. 화원과 온실에서 꺾어온 거예요."

"주인도 없는 방을 매일 이렇게 청소하고 장식하나요?"

"네. 그래야만 주인이 돌아와도 쓸쓸함을 느끼지 않거든요. 사람의 온기와 생기를 느껴야 하니까."

"역시 사려 깊고 자상한 분이군요, 시시 소저께선."

"아니에요. 무슨 말씀을. 시녀로서 본분을 다하는 것뿐인 걸요. 호호."

시시의 대꾸에 같이 웃는 반야.

"시시 소저께서도 궁 공자를 흠모하시죠?"

"네?"

깜짝 놀라는 시시였다.

살짝 여린 미소를 지은 반야가 말을 이었다.

"공자님을 사모하는 하는 것 알아요."

"……."

"애정이 담긴 손길뿐 아니라 그를 향한 애틋한 마음을 난 느낄 수 있어요."

"아, 아니에요, 아가씨!"

"부정할 것 없어요. 누군가를 흠모한다는 게 죄인가요? 오히려 아름다운 일이죠."

시시는 대꾸를 못 하고 고개를 떨어뜨렸다.

"단지 밖으로 꺼내지 못한다는 게 가슴 아픈 일일 뿐."

어딘지 쓸쓸해 보이는 반야의 고개도 시시가 아닌 창 쪽으로 돌려졌다.

"하지만 담고만 있으면 안 돼요. 혼자서 너무나 아프니까."

"……."

여전히 반응을 못 하는 시시.

반야가 나직이 말을 이어갔다.

"언젠가 직접 말을 꺼내 보세요. 궁 공자도 시시 소저를 좋아하고 있을지 모르잖아요."

"말도 안 돼요. 어찌 저 같은 것이 감히!"

발끈하는 시시.

"그런 말씀 마세요. 더구나 주인의 정혼자이신 분을. 그런 발칙한 마음을 품는 것부터 죄예요."

"바보 같이 구는군요. 이런 면에선 어린 저보다 더 바보 같아요. 신분이 미천해서, 주인의 정혼자라서, 사람의 마음, 사랑이란 감정에 그런 한계를 두는 건 옳지 않아요. 귀천도 없고 한계도 없는 거잖아요, 그게."

"……."

"뺏으란 게 아니에요. 단지 아프지 않기 위해 자신의 마음을 말하라는 거예요. 그래야 후회를 갖지 않을 수 있어요."

"싫어요. 자꾸 그런 말씀하시면! 그리고 저는 공자님을 흠모하지 않아요!"

"호호……"

거듭 부정하는 시시를 향해 웃는 반야. 그 웃음의 의미가 너무도 빤한 것이어서 시시는 차마 마주보지 못하고 홱 돌아서 버렸다.

"정작 공자님을 좋아하시는 건 아가씨면서… 미워요."

"호호, 맞아요. 저도 궁 공자를 좋아해요. 처음 만났을 때부터 그 마음이 시작되었던 것 같아요."

"그런데 어떻게 저에게 그런 말씀을 하실 수 있어요? 짓궂어요."

"호호, 저는 이미 말했거든요."

"……?"

놀라며 돌아보는 시시.

반야는 거침없이 말했다.

"그리고 거절당했죠."

"……?"

"호호, 이만하면 말할 자격 있는 것 같죠?"

멍하니 쳐다보는 시시.

"단호하더군요. 낭왕의 손녀, 그 이상의 감정을 갖지 않을 거라고 확실히 했어요. 그는."

"……"

갑자기 왈칵 눈물을 터뜨릴 것 같은 시시의 얼굴이었다.

반야가 다 보인단 듯 다시 길게 웃었다.

"호호, 그렇게 안쓰럽단 표정 지을 것 없어요. 퇴짜 맞았어도 그에게 사랑한다 말한 걸 후회하지도 아프지도 않으니까."

시시가 어떻게 그럴 수 있냔 얼굴로 쳐다보았다.

"후회하지도 아프지도 않다고요?"

"네."

고개를 끄덕이는 반야.

"그래서 난 아프지 않게 후회도 없이 떠날 수 있어요."

"떠나요?"

"그럼요. 언제까지나 여기에 있을 순 없잖아요. 만약 제가 운이 좋아 앞을 볼 수 있게 된다면 그의 곁을 떠날 거예요. 조용히!"

"왜요? 공자님을 좋아하시고 공자님께서도 평생 보살펴 준다고 하셨잖아요."

"호호, 사랑하는 사람의 짐이 되고 싶지 않아서예요. 사랑하니까 그에게 부담을 주고 싶지 않아요."

"……."

"그러니 시시 소저도 말해요. 그러지 않으면 아주 오랫동안 아프고 나중엔 후회만 남게 될 거예요. 내 말 아시겠죠?"

대답을 못 하는 시시. 끝내 시시는 아무 말도 못 한 채 고개만 한없이 떨어뜨리고 서 있었다.

*　　　*　　　*

편가연은 무료했다. 허전하고 외롭고 따분했다.

외수가 떠나고 난 후 생긴 증상이었다. 일부러 외수의 집무실에 들어와 서성거려 보지만 허전함만 더했다.

언제 돌아올지 기약도 없는 외수.

어쩔 수 없이 편가연은 집무실을 나와 힘없이 아래층으로 향했다.

"가주, 어딜 가십니까?"

담곤 호위장 이후 내원 호위를 맡고 있는 온조가 물었다.

"바깥바람이나 좀 쐴까 하고요."

"네, 가시죠."

온조가 대기 중이던 위사들에게 눈짓을 하자 한두 명 빼고 모두 따라나섰다.

외수가 자리를 비운 후 편가연의 움직임엔 항상 그랬다. 최소 열 명 이상의 위사들이 앞뒤 좌우로 둘러싸고 붙어 다녔다.

햇볕이 내리쬐는 마당.

편가연이 위사들의 호위 속에 본채를 나오자 의자 두 개를 붙여놓고 길게 늘어져 있던 송일비가 허릴 세우며 물었다.

"왜 나오시오?"

"화원 쪽을 좀 걸어볼까 합니다."

송일비가 화원 쪽을 힐끔 돌아보곤 벌떡 일어섰다.

"같이 갑시다!"

편가연에게 수작을 부리려고 그러는 게 아니었다. 화원이라곤 하지만 한 시진은 돌아야 다 돌 수 있을 만큼 넓은 데다 각종 화초와 수목들이 있어 만약 자객이 숨어든다면 은신하기 딱 좋은 장소였기 때문이다.

그렇다고 못 가게 할 수도 없었다. 어딘지 갑갑함을 느끼고 있는 듯한 편가연의 얼굴. 자기 집 앞마당을 못 걷는다는 것도 처연하고 불쌍해서였다.

"편 가주, 왜 그리 안색이 우울하오?"

편가연이 화원에 들어서자 송일비가 던진 물음이었다.

"아, 네. 조금……."

"후훗, 역시 궁외수 때문이겠구려."

"……."

흐릿한 웃음만 머금고 걸음을 옮기는 편가연. 송일비도 더 이상 말을 걸지 않고 차분히 따르기만 했다.

대단히 넓은 화원. 커다란 연못과 정자, 교각, 그 외 무수한 인공조형물들. 송일비는 올 때마다 황궁의 화원도 이처럼 화려하고 아름답진 않을 것이라고 생각했다.

그런데 편가연의 한두 발짝 뒤에서 구경하듯 느긋이 이곳저곳을 두리번대며 걷던 송일비가 갑자기 걸음을 멈추며 편가연을 불러 세웠다.

"잠깐, 편 가주!"

"네?"

돌아보는 편가연. 따르던 위사들도 일제히 멈출 수밖에 없었다.

우뚝 멈춘 송일비의 시선이 오른쪽 호수 같은 연못가 바위와 풀밭에 꽂혀 있었다.

"왜 그러세요?"

편가연이 고개를 갸웃하며 한 걸음 다가서는 그 순간, 벼락같이 송일비가 편가연의 손을 잡고 날아올랐다.

"막앗! 살수다!"

머리 위를 섬전처럼 날아가는 송일비의 괴성. 당황한 위사들이 일제히 칼을 뽑아 들고 허둥댔다. 송일비가 낚아채 데리고 가는 편가연을 쫓아가며 보호해야 할 것인지 아니면 숨어 있는 살수를 맞서 막을 것인지 재빠르게 판단을 못 한 탓이다.

문제는 위사들에겐 보이지 않는 살수였다.

그 순간 온조가 고함을 질렀다.

"아가씨를 보호해!"

삐익! 삑!

온조가 즉시 호각을 꺼내 불었다.

그때 땅거죽이 일어나고 풀숲이 들썩이며 시커먼 인영들이 튀어나와 솟구쳤다. 한둘이 아니었다. 대여섯이나 되는 숫자였다.

"마, 막아라!"

풋퓨퓨퓨퓨!

작고 가는 것들이 일으키는 파공성. 분명 독수전(毒手箭) 따위 암기가 쏘아져 쏟아지는 소리였고 그건 위사들을 향했다.

표표표!

"피해!"

온조가 소리쳤을 땐 늦었다. 이미 앞선 세 명의 위사가 꼬꾸라지고 있었다.

온조도 정신이 없었다. 벌건 대낮에 살수라니. 도대체 언제 잠입했고 언제 매복을 하고 있었단 말인가. 또 편 가주가 나올 줄 알고 기다렸던 것인지, 아니면 밤이 되길 기다렸던 것인지 혼란스러웠다.

모습을 드러낸 살수들의 목표는 확실했다. 송일비가 데리고 가는 편 가주.

"막아!"

온조가 살수들을 향해 날아오르자 나머지 위사들도 뛰어 올라 그들의 진행을 막았다.

카캉! 카카캉!

"웬 놈들이냐? 정체를 밝혀라!"

소리친다고 대답할 자들이 아니었으나 일단 편가연을 쫓아가는 걸 막아선 것만으로도 성공이었다. 바로 다른 위사들이 몰려올 것이고 편가연의 안위가 확보될 수 있었기 때문이다.

그런데 저지당한 살수들의 태도가 이상했다. 발각당해 놓고도 전혀 급할 것이 없단 듯 느긋한 자들.

아니나 다를까, 편가연을 안고 쏘아져 가는 송일비가 화원을 벗어나기 전 또 다른 자들이 암기를 발출하며 튀어나왔다.

"엇?"

깜짝 놀란 송일비가 편가연을 안은 채 팽이처럼 휘돌아 쏘아진 암기를 피해내며 도주하는 방향을 바꾸었다.

한데 바꾼 방향 쪽에서도 시커먼 복면의 살수들이 솟구쳤다. 이번엔 정자와 교각 아래에서였다.

송일비뿐 아니라 그에게 잡혀 날아가는 편가연도 혼비백산했다. 극월세가에서, 그것도 내원에서 이렇게 많은 살수들에게 쫓긴다는 게 현실감마저 잃게 만들었다.

"쳇, 뭐가 이렇게 많아? 도대체 언제 이렇게 숨어든 거야?"

혼자 투덜거리는 송일비. 그러면서 그는 편가연부터 안심시켰다.

"흥, 나쁜 놈들! 여기 숨어 있다가 밤에 본채를 덮칠 계획이었던 거군. 편 가주, 걱정 마시오. 내 손에 있는 한 절대 놈들에게 잡히는 일은 없으니까."

실제로 송일비는 대단했다. 비천도문의 후예답게 편가연을 데리고도 놀라운 도주 능력을 보이고 있었다.

연자비행(燕姿飛行)이란 비천도문의 신법. 마치 제비가 자유자재로 허공을 유린하는 것 같은 대단히 빠르고 민첩한 비행술로 불시에 곳곳에서 튀어나온 살수들의 암습을 모조리 피해 도주하는 신기를 과시했다.

한데 매복한 살수는 생각보다 훨씬 많았다. 온조의 호각 소리가 연신 울리며 가까이 경계 서던 위사들부터 달려오고 있었으나 살수들의 수는 그보다 많고 훨씬 더 민첩했다.

'젠장!'

편가연을 안심시킨 송일비였지만 속으론 만만찮은 현실을 충분히 인지하고 있었다. 이렇게 극월세가 한가운데서 벌건 대낮에 살수들이 모습을 드러낸다는 건 살아 돌아갈 생각이 없는 필사의 각오를 가진 자들이란 뜻.

위기였다. 살수의 수는 많고 위사들과 자신이 버텨낼 수 있을지 의문이었다.

온조의 호각 소리가 그쳤다. 살수의 공격을 받고 있었기 때문이었다.

송일비도 결국 허리의 검을 뽑았다.

파라라락!

연검(軟劍) 특유의 소리를 내며 빠져나오는 검.

"비켜라!"

교각의 난간과 정자의 지붕을 박차고 운신하는 송일비의 앞에 네댓 명의 살수가 코앞에서 또 튀어 오르자 이번엔 피하지 못하고 바로 부딪쳐 갔다.

콰콱! 캉! 카각!

"윽!"

빠져나가지 못하고 가로막히는 송일비. 살수의 무위가 예상치를 훨씬 웃도는 탓이다.

"크크, 네놈이 귀수비면 송일비란 도둑놈이냐?"

"……?"

송일비는 살수가 자신의 정체를 알고 있다는 것에 놀랐다. 극월세가 위사 노릇을 시작한 후 아직 한 번도 외부 활동을 한 적이 없건만 살수들이 알고 있다는 건 내부 사정까지 훤히 꿰뚫고 잠입했다는 뜻.

"알면 됐어!"

송일비는 바로 도주했다. 편가연을 데리고 싸울 순 없어서 한 번 부딪치자마자 각을 꺾어 바로 튀었다.

외원의 위사들이 몰려올 시간까진 아니더라도 최소한 내원의 모든 위사들이 달려올 시간까지는 버텨야 했기에 최선의 선택이었다.

"어딜!"

또 앞을 가로막고 줄줄이 모습을 드러내는 자들.

캉캉, 캉캉!

다시금 부딪쳐 싸울 수밖에 없는 송일비는 당혹스러울 지경이었다. 도대체 얼마나 숨어 있었던 것일까. 나타난 자들만 스무 명이 훨씬 넘어서고 있었다.

"송 공자님, 저를 내려놓고 싸우세요."

편가연이 말했지만 송일비는 무시했다.

"흐흐, 걱정 마시오. 고작 살수 따위에게 잡히지 않소."

휘익!

부딪치고 도주하고, 또 부딪치고 도주하고. 송일비가 이 혼란을 이겨내는 방법이었다.

충격에 싸인 편가연은 급히 상황을 돌아보았다. 온조를 비롯한 따라온 호위들이 최선을 다해 뒤쫓는 자들을 맞아 싸우고 있었지만 역부족이란 게 여실히 보였다. 무위에서도 밀리고 숫자에서까지 상대가 되지 않아 하나둘 쓰러져 가고 있었다.

다행히 호각 소릴 듣고 본채 쪽에서 미친 듯이 달려오는 위사들이 보였으나 그 거리는 멀고 살수의 숫자는 삼십여 명에 육박할 듯했다.

"아……."

신음이 절로 흘러나왔다. 하필이면 궁 공자와 비연 낭자가 없는 이때 쳐들어와 눈앞이 캄캄했다.

외원과 후문이 있는 쪽을 번갈아 쳐다보는 편가연. 언제나, 무슨 일이 있어도 자신을 구해주던 그가 당장이라도 뛰어들어 이 상황을 종료시켜 줄 것 같아서였다.

하지만 허상조차도 보이지 않았다. 간절함일 뿐 실제 그럴 가능성은 거의 없는 것과 마찬가지였다.

상황은 점점 악화되고 있었다. 따라온 위사들이 하나둘 쓰러지며 송일비 혼자 남은 꼴이었고, 그가 놀라운 신법으로 피해 다니곤 있었지만 한계가 있었다. 적의 숫자는 너무 많았고 그들의 경신술도 상상 이상이었기 때문이다.

도주를 하는 게 아니라 포위 속에서 계속 피해 다니며 맴돌고 있는 형국. 언제까지나 이럴 순 없었다. 송일비와 같은 신법을 펼치려면 많은 내력 소모가 따른다는 것을 편가연도 알고 있었다.

"흐흣, 미꾸라지 같은 놈!"

"비켜!"

콰콱! 쾅쾅쾅!

송일비가 앞으로 뛰어넘거나 옆을 도주하지 못하고 처음으로 뒤로 밀렸다. 부딪친 살수들의 무위가 예상 수위를 훨씬 넘은 탓이었다.

송일비의 표정에 놀라움이 그대로 드러났다.

"네놈들은 누구냐?"

"흐흐흐, 알아서 뭐해!"

자객이 아니었다. 움직임도 무공도 태도도 자객이 보이는 것과는 전혀 달랐다.

한 번 가로막히자 순식간에 완전 우리 속에 갇힌 꼴이 되어버렸다. 이제 송일비가 빠져나가려 노릴 곳은 하늘뿐이었다. 하지만 하늘로 솟구친다는 건 결국 제자리 뛰기밖에 되지 않는 것. 뚫고 나가야 했다.

한 걸음 두 걸음 물러나며 아주 조심스럽게 기회를 노리는 송일비.

그때 편가연이 입을 열었다.

"놓아주세요."

"응?"

"저를 놓고 편히 싸우세요."

"말도 안 되는 소리! 가만있으시오. 이깟 놈들 얼마든지 상대할 수 있소!"

당연히 허세가 섞인 말이었다. 결코 편가연을 떼어놓을 수 없기 때문에 그리 말할 수밖에 없었다.

"같이 죽어요. 저를 부축한 상태론."

편가연의 말에 송일비가 눈을 부릅뜨고 대꾸를 못 했다.

"저를 놓고 싸우는 게 그나마 절 살릴 수 있는 기회가 조금이라도 더 있을 거예요."

부정할 수 없는 판단이었다. 잠시 생각하던 송일비는 주저 없이 편가연을 내려놓았다. 여차하면 다시 붙들고 튀면 과히 문제될 것도 없어서였다.

"후후, 이제 내 싸움 실력을 보여줄 때가 된 것 같구려. 옆에 꼭 붙어 있으시오."

송일비가 비시시 웃으며 살수들을 향해 검을 늘어뜨려 자세를 잡았다.

확실히 운신이 쉬워진 몸. 수적 불리함에도 웃음까지 머금은 송일비의 자세는 당당하기만 했다.

"크크큭, 애송이 녀석! 허세가 예술이로구나. 죽여! 둘 다!"

휙휙! 휙휙휙!

덮쳐드는 살수들. 보통 노련한 자들이 아니었다. 이중 삼중으로 포위해 아예 빠져나갈 곳을 차단하며 공격을 감행했다.

'젠장!'

틈을 노려 편가연과 튀려고 했던 송일비가 어려움을 인지했다.

'어쩔 수 없군. 모조리 베어주는 수밖에.'

파라락!

송일비는 첫 검식부터 호접강기를 표출했다. 다수를 상대해 이겨내려면 어쩔 수 없었다. 거기다 절대신병이 가진 묘용을 마음껏 발휘했다.

"뭐냐, 이놈!"

기묘한 형태의 강기가 뻗어오자 앞서 받아치는 살수가 내지른 고함이었다.

콰앙!

파파팟! 파파파팟!

"크흑!"

송일비의 검을 받아친 자가 피범벅이 된 채 뒤로 물러났다. 그의 얼굴과 가슴팍은 폭발하듯 잘게 부서져 덮친 강기에 무참한 갈라진 상태였다.

송일비가 씨익 웃었다.

"감히 내 검을 받아쳐?"

검이 가진 기이한 묘용. 강기나 검기를 표출하면 받아친 자가 되레 당하고 마는 기검(奇劍)이었다.

특히 송일비의 팔상호접검은 연검이라 받아치는 방향으로 어김없이 강기가 뿌려져 작렬하는 형태였다.

"다음 죽고 싶은 놈!"

"이놈이?"

콰쾅! 쾅! 파파파팟!

여지없었다. 운신도 빠른 송일비는 거듭해서 호접강기를 발출했고 덮쳐 오는 자들을 강기로 짓이겨(?)놓았다.

당황스럽고 다급해진 살수들 중 하나가 소리쳤다.

"부딪치지 마라! 검격을 피해 놈을 공략해!"

"크크큭, 지랄한다! 내가 호구로 보이나?"

한껏 비웃음을 날리는 송일비. 말이 쉬울 뿐이지 부딪치지 않고 싸운다는 건 웃기는 일 아닌가.

한데 이어진 놈들의 고함에 송일비의 표정이 굳었다.

"암기를 활용해 놈을 흩트려!"

"뭐?"

바로 암기가 쏘아져왔다.

"이런!"

당황한 송일비가 바로 편가연을 안고 옆으로 휘돌았다.

자기 혼자라면 문제될 건 없었다. 하지만 편가연이 암기를 피할 순 없었다.

송일비는 도주하려 틈을 보았지만 그럴 구멍이 없었다. 도와주는 위사라도 있으면 한 구멍이라도 찾아 달아나겠으나 같이 온 위사들은 거의 전멸 상태였다.

'굼벵이 새끼들, 호각 울린 지가 언젠데 아직도.'

파팟!

"윽!"

등에 와서 박히는 암기. 송일비가 편가연을 안은 채 움찔했다. 독이 발린 암기일 건 빤한 일.

"제기랄!"

송일비는 편가연을 안고 미친 듯이 움직였다. 이렇게 된 바에야 뚫고나가는 모험을 할 수밖에 없어서였다. 독이 퍼져 죽으나 칼에 맞아 죽으나 어차피 편가연을 살리지 못하는 건 마찬가지.

"송 공자님……?"

편가연도 송일비가 자신을 보호하려 껴안는 사이 독침에 맞았다는 걸 인지하고 있었다.

"이야야야아아!"

송일비가 편가연의 말은 듣지 못했다는 듯 괴성을 지르며 벽이나 다름없는 살수들을 부딪쳐갔다.

카캉! 콰쾅!

생사의 기로에서 저돌적인 기세를 내보인 송일비.

그러나 살수들은 전혀 흔들리지 않고 송일비를 압박했다.

피가 튀고 살이 뜯겨 날아가는 혈투.

송일비에겐 악전고투였다. 검공이 위력을 발했지만 살수들은 여전히 암기를 활용했고, 편가연이 맞는 것만은 막으려는 송일비 입장에선 그 모두를 다 감당할 수밖에 없었다.

"독한 놈이로군. 도둑놈 주제에!"

이쪽저쪽 정신없이 운신하며 활로를 열어보려 애쓰는 송일비. 그의 치열함과 처절함이 놀랍고 무서웠다. 항상 가벼워 보이고 건성건성 건들대던 그와는 아주 달랐다.

놀라운 신법에 놀라운 무공. 거기다 궁지에서도 빛을 발하는 투지.

네댓 명의 살수를 쓰러뜨린 그였지만 그 또한 온전치 못했다. 피로 물들어가는 옷은 아무것도 아니었다. 팔과 등, 어깨에 쉴 새 없이 도검이 상흔을 남겼다.

"크흑!"

결국 신음을 흘리는 송일비.

"송 공자님……?"

"편 가주, 궁외수 그놈과의 약속은 못 지킬 듯하오. 안됐지만 여기까진가 보오."

"……."

적이 너무 많았고, 너무 기습적이었다.

극렬히 움직인 탓에 독 기운까지 퍼져 비틀거리는 모습까지 보이는 송일비.

"송 공자님, 지금이라도 저를 놓고……?"

말을 하던 편가연이 날아드는 도검들이 보았다. 그것은 여지없는 죽음의 그림자였고 더 이상 피할 곳은 없었다.

편가연은 차분히 눈을 감았다. 차라리 그게 덜 괴로울 듯해서였다. 크게 두렵지도 않았고 크게 슬프지도 않았다. 단지 화가 날 뿐.

카앙! 카캉!

도검 부딪치는 소리. 송일비가 마지막 안간힘을 쓰며 움직이고 있었지만 뜻하지 않은 여인들의 고함이 들려 편가연은 퍼뜩 눈을 떴다.

"이놈들, 물러나라!"

편가연은 하얀 눈이 쏟아진다고 느꼈다. 하얗게 빛나는 세 명의 여인. 위사들보다 먼저 달려온 북해 빙궁의 세 여인이었다.

그녀들이 막아서면서 송일비가 숨 돌릴 틈을 찾았다.

"후후, 뜻밖이군. 그대들이 올 줄은 몰랐소."

"입 벌려!"

"입? 입은 왜… 엇?"

뜬금없는 말에 눈을 껌뻑대던 송일비의 입 속으로 빙설선이 무언가를 집어넣었다.

"삼켜! 독을 없애진 못해도 한동안 퍼지는 걸 지연시켜 줄 거야!"

"후후훗, 그대같이 아름다운 여인이 주는 것이라면 독이라도 삼키겠소."

"이, 이게 이 상황에서도?"

인상을 구기며 어이없어하는 빙설선.

"고맙소. 그보다 편 가주를 부탁하오."

비로소 편가연을 내려놓는 송일비.

"내가 막을 테니 빠져나가 주시오."

말을 마치기 무섭게 송일비가 돌아섰다. 활로를 뚫기 위해서였다.

"크흐흐, 살수님들! 다시 시작해 볼까?"

휘익!

거침없이 달려드는 송일비. 편가연을 떼어놓은 그는 더 이상 거칠 것이 없다는 듯 마음껏 휘저었다.

콰앙!

퍼퍼퍼퍽!

다시 위력을 발산하는 호접강기. 독과 부상으로 그 위력이 떨어졌다 해도 여전히 피하기조차 어려운 위협이어서 살수들이 쉽게 응수하지 못하고 주춤댔다.

"이리와! 다시 시작해 보자니까!"

"크핫핫! 곧 죽어도 허세로구나! 뭣들 하느냐? 어서 죽여 버리지 않고! 모두 죽여 버려!"

우두머리인 듯한 자의 명령에 다시 살수들의 협공이 시작 됐다.

편가연을 목표로 퍼부어지는 맹공. 본채 쪽에서 달려온 위 사들이 도착했지만 그들은 대여섯 명의 살수에게 가로막혀 따로 싸움을 벌이고 있는 형국. 결국 송일비와 북해 빙궁 세 여인이 감당할 수밖에 없는 싸움이었다.

"이야아! 꺼져라!"

콰앙! 콰콱!

부상을 입은 상태에서도 송일비는 위맹했다. 다가서는 자 들은 자기가 다 감당해 버리겠단 듯 좌충우돌 무서운 정신력 을 보였다.

하지만 살수들 하나하나의 무위가 그 못지않다는 게 문제 였다. 만약 송일비의 손에 팔상호접검이란 기검이 들리지 않 았다면 벌써 도륙되어 흩어졌을 것이었다.

"끈질기구나, 이놈!"

"흐흐흐, 나 귀수비면 송일비야! 천하제일 도둑이자 풍류 객! 그런 내가 장가도 못 가보고 고작 네놈들 손에 죽을 것 같 으냐. 이 치사한 살귀(殺鬼) 놈들아?"

"미친놈! 내가 끝내주마!"

좌르륵! 부웅!

날아드는 것은 절곤(節棍)이었다. 그것도 쇠사슬에 네 개의 긴 철곤이 달린 사절곤(四節棍).

캉! 카앙!

송일비는 어처구니없단 얼굴로 소리를 질렀다.

"도대체 네놈들 정제가 뭐냐? 알고나 죽자! 어째서 살수 따위가 이 같은 무기를 쓰는 거지?"

"수작부리지 마라, 이놈! 네놈은 고이 죽기만 하면 된다."

콰악! 콰콱! 캉!

우두머리의 장병기에 대응하던 송일비가 다른 살수들의 협공에 쓰러져 뒹군 뒤 일어났다. 또 하나 얻은 부상. 옆구리가 피를 뿜고 있었다.

송일비는 급히 손으로 틀어막듯 움켜잡았으나 부상이 너무 컸다. 자칫 내장이 쏟아질 수도 있을 정도로 긴 상처.

"크흣!"

고통스러워하며 쿵쿵 두어 걸음 물러나 결국 스스로 주저앉고 마는 송일비. 더 이상 움직일 수조차 없는 몸뚱이가 되어버린 것이다.

"젠장! 더러운 놈들!"

죽음이 눈앞에 보이자 욕지기를 뱉는 송일비.

북해 빙궁 세 여인도 악전을 치르고 있었다. 희고 깨끗하던 옷들은 붉게 물들어 가고 있었고, 곧 편가연마저 살수의 도검에 유린될 처지였다.

이 상황을 별채에 있던 시시도 보고 있었다.

그녀는 호각 소리가 나고 싸움이 시작되자 반야를 궁외수의 방에 혼자 남겨둔 채 뛰어나와 달려가는 위사들을 쫓아 화원으로 오고 있던 중이었다.

송일비는 그녀가 달려오는 걸 보지 못했다. 하지만 죽음을 눈앞에 둔 시점에 그의 머릿속에 온통 그녀뿐이었다.

"젠장! 젠장! 젠장!"

화를 토하는 송일비. 그는 자신의 머리 위로 내려쳐지는 철곤을 빤히 보고 있었다. 그리곤 마지막이라 여겨지는 순간에 눈을 질끈 감으며 소릴 질렀다.

"시시 낭자!"

그의 고함을 들었던 걸까. 달려오던 시시가 싸움판 앞에서 우뚝 멈추었다.

"아아……!"

눈앞에 펼쳐진 광경에 절망감을 흘리는 시시.

"아가씨, 제발……!"

뛰어들 수도 없어 발만 동동 구르는 시시였다. 아무리 봐도 절망적인 상황. 위사들은 편가연에게 접근도 못 하고 쓰러져 가고 있었고 한가운데 포위당한 채 맹공을 받고 있는 다섯 사람도 처절하기만 했다.

다리에 힘이 풀려 주저앉을 것만 같은 시시.

그런데 그때 시시의 눈에 기이하고 맹렬한 움직임이 보여 그녀는 자기도 모르게 어깨를 움츠리며 흠칫했다. 외원 쪽 위사들이 오고 있는지 확인하려고 돌아본 방향 공중의 움직임 때문이었다.

허공을 무서운 속도로 날아오는 허연 인영들.

시시는 자신의 눈을 의심했다. 천상의 선녀들이 인간세상을 벌하러 내려오는 것인가 싶어서였다.

그런데 선녀들뿐 아니었다. 연(輦)이라는 커다란 가마 하나도 같이 하늘을 날고 있었다.

"저, 저게……?"

가마 자체도 하얀데 바람에 날리며 안에 앉은 사람을 가린 천들도 눈처럼 희고, 가마를 운반하고 따르는 선녀들도 온통 하얀색 일색이었다.

그때 또 하나의 기현상이 시시를 놀라게 했다.

쏘아져 오듯 맹렬히 날아오는 그들 앞에서 아주 미약하고 기이한 파공성이 이는가 싶더니 아주 투명한 화살 하나가 싸움판이 벌어진 장소를 향해 날아가고 있었다.

한데 더 놀라운 것은 쏘아져 가는 그 화살이 점점 덩치를 키워 거대해져 가고 있었다는 것이고, 그로 인해 일어나는 파공성 역시 하늘이 울릴 정도로 점점 커지고 있다는 것이다.

쿠르르릉!

마치 벽력이 치는 것 같은 소음. 아니, 하늘이 얼어붙는 것 같은 소리 같기도 했다.

적의 철곤 앞에 마지막을 직감하고 눈을 질끈 감아버린 송일비는 그 기현상을 보지 못했다. 투명하고 거대한, 혹은 물기둥 같기도 하고 얼음기둥 같기도 한 화살 하나가 싸움판에 내리꽂히는 장관을.

"뭐, 뭐냐?"

살수들이 놀라고 당황하는 사이 화살이 폭발을 일으켰다.

콰앙!

"크헙!"

날아가는 자들.

송일비도 폭발의 여파에 쓸려 뒤로 벌렁 넘어갔고, 편가연을 보호한 세 여인도 휘청거렸다.

대번에 싸움판이 정리되었다.

거대한 화살이 일으킨 폭발에 죽은 자는 없었지만 날아가 뒹구는 자, 자잘한 부상을 안고 한참이나 떠밀려간 자, 모든 움직임이 폭발과 함께 멈추었다.

가마를 포함해 맹렬한 속도로 날아오던 이들이 현장에 다다르자 속도를 줄여 아래로 내려섰다. 투명 화살이 폭발한 그 자리였다.

보이는 이들만 스무 명 남짓. 모두 여인들이었는데 그들이 내려서자 마치 북풍한설(北風寒雪)이 몰아치는 것 같은 한기가 깔렸다.

"누, 누구냐?"

우두머리 살수가 던진 질문에 여인들이 일제히 그를 노려보았다. 시커먼 복면을 한 살수들과는 완전히 대조되는 여인들.

"우리가 물을 말이다. 네놈들은 누구냐?"

앞쪽 제법 나이가 있는 여인이 받아친 말이었다.

우두머리 사내가 노려보다가 별안간 뒤로 돌아 절곤을 휘둘렀다.

부아악!

편가연을 향한 파공성.

예기치 않은 변화에 우선 편가연을 죽여야 한단 판단을 한 그였다.

하지만 그때 가마의 하얀 천이 펄럭이며 또다시 투명한 화살 하나가 형성되어 쏘아져 나갔다.

퍽!

정확히 절곤을 휘두른 사내 오른쪽 어깨를 뚫고 나가는 화살.

"크윽!"

절곤은 빙궁 세 여인에 의해 저지당했고 사내는 어깨를 쥐고 주춤대며 고함을 질렀다.

"죽여! 어서!"

살수들이 일제히 덮치려는 찰나, 놀랍게도 왼쪽 연못으로부터 물기둥이 솟구쳤다.

콰아아아!

거대하게 솟구친 물줄기는 다시 땅으로 향하며 여러 물줄기로 나눠져 살수들을 덮쳐 갔다.

퍼퍼퍼퍽!

경이로움의 연속이었다. 물줄기가 자유자재로 움직이고 살수들을 공격하는 것도 모자라 박혀드는 순간에 결빙까지 되어 강력한 무기가 되는 신비로운 현상.

"모두 움직이지 마라! 한 발짝이라도 움직이는 자가 있으면 모조리 죽이겠다!"

가마 안에서 낭랑하게 울려나온 여인의 목소리였다. 그것도 아주 젊고 앳된 여인의 음성.

그 목소리에 편가연을 보호하고 있던 세 여인이 그 자리에서 한쪽 무릎을 꿇고 머리를 조아렸다.

"빙궁의 제자들이 신녀를 경배합니다."

"제자들은 일어나 대답하라! 저들 중 궁외수란 자가 누구냐?"

"그는 지금 이 자리에 없습니다."

"어디 있느냐?"

"……."

세 여인이 대답을 못 하자 편가연이 차분히 나섰다.

"북해 빙궁 신녀의 방문을 환영합니다."

"누구죠, 당신은?"

"저는 이곳의 가주인 편가연이라 합니다."

"……."

잠시 말이 사라진 가마.

그때 거대한 얼음 화살의 폭발로 벌렁 나자빠졌던 송일비가 피가 흐르는 허리를 잡고 간신히 상체를 일으켰다.

"북해 빙궁 신녀라고?"

고통조차 잊고 눈을 껌뻑대며 여인들과 가마를 보는 송일비.

"직접 왔단 말이야?"

"궁외수, 그는 어디 있죠?"

다시 떨어진 질문에 편가연이 차분히 응대했다.

"급한 볼일이 있어 외유 중입니다."

그 순간 살이 에일 것 같은 살기가 뿜어져 나와 사방을 휩쓸었다.

즉시 편가연이 말을 이었다.

"곧 돌아올 것입니다. 그는 빙궁에 한 약속을 실현하기 위해 떠난 것이니 신녀께선 이해해 주시기 바랍니다."

"······."

마치 모든 것을 얼려 버릴 것 같던 살기가 아주 천천히 잦아들기 시작했다.

그리고 차분해진 음성으로 다시 질문이 튀어나왔다.

"지금 이건 무슨 상황입니까? 보아하니 자객들 같은데?"

"저를 죽이려 잠입한 자들입니다."

"본 궁의 빙녀들은 왜 다쳤죠?"

"저를 도우려 달려왔다가 그리······."

편가연이 대답하고 있을 때 외원에서 달려온 위사들이 살수들을 둘러쌌다.

"가주, 무사하십니까?"

수하들과 편가연 앞으로 달려온 외원 수비대장이 편가연의 안위부터 확인했다.

편가연이 즉시 그에게 손을 들어 조용히 있으란 신호를 주었다.

수십 명이 편가연을 호위했고 그들 외에도 수백 명의 위사들이 외원으로부터 몰려오고 있었다.

그리고 그들 중 헐레벌떡 숨 가쁘게 쫓아온 것이 확연한 정문 위장 태대복이 이 와중에도 보고를 했다.

"가주, 북해 빙궁이란 곳의 사람이 오면 안내하란 명을 받고 있었지만 신원을 확인하던 중 갑자기 휙 날아 들어가 버려서 저지를 못 했습니다."

편가연은 빙궁의 사람들이 싸움이 벌어진 것을 인지하고 급히 움직였단 것을 알기에 바로 정문 위장을 물리쳤다.

"괜찮습니다, 태 위장님. 물러나 있어주세요."

"예, 가주!"

태대복이 '빙차(氷車)'라고 불리는 신녀가 탄 가마 쪽 눈치를 살피며 슬금슬금 물러나자 편가연이 다시 가마를 향해 정중히 인사를 했다.

"우연이겠으나 신녀께서 때맞춰 이곳에 나타나 신위를 보여주신 덕분에 저와 다른 이들이 목숨을 구할 수 있게 되었습니다. 우선 감사 인사부터 드립니다."

"……."

"잠시만 물러나 계시면 이 상황을 정리하고 난 뒤에 안쪽으로 모시겠습니다."

"정리? 어떻게 정리할 생각이죠?"

"위협의 배후를 알아내기 위해 일부는 사로잡을 생각입니다."

"어이없군요. 틀렸어요."

"……?"

"사로잡을 수 있는 자들이 아니에요. 저들 중 단 한 명도 살아서 잡힐 생각을 가진 자가 없어요. 오히려 당신들 걱정부터 해야 될 것 같은데?"

편가연이 물러서 상황을 주시하고 있는 살수들 쪽을 얼른 돌아보았다.

분노에 들끓는 이들. 그때 누군가 소리쳤다.

"임무를 마쳐!"

그러자 하나같이 날아올라 편가연을 덮쳐 갔다.

"가주를 보호하라!"

위사들이 일제히 맞부딪쳐 갔다.

다시 시작된 싸움. 이젠 위사들의 숫자가 훨씬 더 많았으나 북해 빙궁 궁주의 말처럼 살수들의 도검 앞에 추풍낙엽일 뿐이었다.

사력을 다한 살수들의 맹공.

"가주, 물러나십시오!"

위사들이 편가연을 뒤로 빼돌리려 애를 썼다.

콰앙! 콰쾅!

열 명 남짓한 살수에게 속수무책 무너지는 위사들의 대열. 거의 학살 수준이나 다름없는 지경이었다.

그때 차마 보고 있을 수만은 없었던 것인지 빙차의 앞 휘장이 들리며 신녀의 신형이 쏘아져 나왔다.

감탄이 나올 만큼 우아하고 빠른 신법으로 솟구치듯 허공을 가른 그녀가 손가락을 모아 펼치자 허공 중에 생성된 얼음 화살들이 살수들을 향해 쏘아져갔다.

빙령시(氷靈矢). 북해 빙궁의 빙백신공을 칠성 이상 익혀야 시전 가능하단 무공이었다.

퍽! 퍽퍽! 퍼퍼퍼퍽!

어김없이 살수들을 직격하는 얼음 화살. 대단한 위력에 대단한 운용술이었다.

등과 배에 커다란 구멍을 뚫어버리는가 하면 머리통을 그대로 날려 버리기도 했고, 상대가 막거나 피하려 하면 방향까지 자유로이 바꾸어 끝내 목표를 꿰뚫어 버렸다.

간단하게 상황을 정리해 버린 신녀.

그녀가 공중에서 천천히 하강했다. 유일하게 숨이 붙어 있는 우두머리 살수 앞이었다.

땅으로부터 한 뼘 정도 뜬 상태에서 신형을 멈춘 그녀는 정말 천상의 선녀 같았다. 하늘거리는 긴 옷은 땅에 닿지 않게 살짝 들려 뒤로 너풀거리고 있었고, 눈이 부실 정도로 하얀 은발(銀髮)에 커다란 눈망울. 외모 전체가 신비롭기 그지없는 여인이었다.

단지 눈에 생기가 없고 입술마저 뽀얗게 핏기가 없어 무척 병약해 보인다는 것이 안타까울 뿐.

"북해 빙궁의 궁주라고?"

칼을 들지도 못할 만큼 얼음 화살에 어깨가 뚫려 버렸던 우두머리 사내가 원한에 찬 눈을 이글거리며 던진 말이었다.

그는 죽일 듯이 노려보다 어쩔 수 없는 자신의 상태를 인지하고 픽 쓰디쓴 웃음을 머금었다.

"풋, 내 입이 열리길 바라는 것 같군. 그래, 한 가지 알려주지! 너희 북해 빙궁이 왜 여기 나타났는지 모르겠지만 오늘 우리 일에 끼어들었단 이 사실로 인해 머잖아 엄청난 후회를 하게 될 것이라는 것!"

"……."

아무런 반응도 없이 그저 물끄러미 지켜보는 빙궁의 신녀.

"그 후회가 곧 멸망이라는 걸 알아둬! 크흐흣!"

"……."

사내가 지껄이거나 말거나 관심도 없다는 듯 가만히 신형을 틀어 여전히 땅에서 뜬 상태로 미끄러지듯 빙차로 신형을 이동해 가는 신녀.

그녀가 빙차 안으로 모습을 감추는 순간 뒤에서 귀에 거슬리는 격한 소음이 터졌다.

퍼억!

우두머리 사내가 스스로 자기 머리통을 쳐 자결을 하는 소리였다.

                    *   *   *

"아야야야! 아아!"

웃통을 벗고 엎드린 외수가 비명을 질러댔다.

"엄살은 사내자식이! 시끄러!"

옆에 앉아 머리통을 쥐어박는 비연.

어느 마을 어귀 개울가 바위에서 두 사람이 벌이고 있는 장
면이었다.

"쳇, 비도를 날려 등짝에 마구 쑤셔 박은 게 누군데."

"그러게 도망가래?"

"도망가지 않으면, 날 살려뒀겠어?"

결국 항복 선언을 하고 만신창이 꼴로 잡힌 외수. 그리고
사정없이 응징을 가한 비연이 마을에서 사온 약을 등짝 이곳
저곳 발라주는 중이었다.

"그러니까 죽기 싫으면 앞으로 그런 식의 장난치지 마!"

"쳇, 장난 아냐."

"뭐?"

"말했잖아. 요즘 부쩍 여자 냄새만 맡아도 불끈거린다고."

"……"

"거참 희한해! 여자가 뭐라고. 여자는 멀쩡한데 왜 남자는

혼자 발광을 해야만 하는 걸까. 뭐해, 어서 안 바르고?"

비연이 손을 떼고 굳은 듯 가만히 있자 외수가 버럭 다그쳤
다.

뭔가 말을 해야 할 것 같은 분위기라 비연이 억지로 입을
열었다.

"무, 물론 사내야 당연한 생리적 현상이지만 어쨌든 그, 그
러면 안 돼! 안 되는 거라고. 여, 여자도……."

말을 잇지 못하고 끊는 비연.

다음 말을 가만히 기다리고 있던 외수가 이상한 느낌에 몸
을 뒤집어 쳐다보았다

"말은 왜 더듬어? 여자도 뭐?"

"……."

다시 말문이 막힌 비연.

외수의 힘이 느껴지는 굵은 어깨와 두툼한 가슴통이 한눈
가득 들어와 어지럽히자 비연은 퍼뜩 고개를 돌려 외면했다.

"뭐야? 왜 대답을 안 해?"

"왜 갑자기 까뒤집어? 빨리 엎드리기나 해!"

"응?"

자신의 벗은 상체를 내려다보며 눈을 껌뻑거리는 외수. 눈
치가 빠한 그였다.

"뭐야, 그러니까 여자도 남자를 보면 남자만큼이나 끌린단

뜻이야?"

"아. 아냐! 뭐 꼭 그런 것은 아니지만… 그럴 때도……."

"……?"

외수가 목덜미까지 붉어진 채 말도 제대로 못 하는 비연을 빤히 쳐다보았다.

"왜, 왜 그렇게 빤히 봐?"

스윽.

갑자기 비연의 손목을 움켜쥐는 외수. 그리곤 비연의 손을 당겨 자신의 가슴에다 붙였다.

"헉? 뭐, 뭐하는 짓이야?"

비연이 손을 빼려했지만 당할 수 없는 외수의 완력.

"어때? 여자도 심장이 막 쿵쾅쿵쾅 벌렁거려?"

"……?"

"뭐야, 아무 느낌 없어?"

"그래! 하나도 안 쿵쾅거리고 안 벌렁거려! 놔!"

버럭 소리를 지르고 억지로 손을 뺀 비연. 한데 말과는 달리 불덩이 같은 얼굴엔 온몸이 쿵쾅거린다고 쓰여 있었다.

외수가 슬그머니 일어났다.

그러자 지레 겁을 먹은 비연이 화들짝 놀라며 두 팔로 자기 가슴부터 가렸다.

"왜, 왜 일어나?"

"옷 입어야지. 날도 어두워지는데 잘 곳도 찾아야 되고."

시골 길가의 허름하고 작은 객잔이었다. 그래도 지나는 손님은 꽤 있는지 어린 점소이 하나가 마당에 나와 준비를 하고 있다가 인사를 했다.

"어섭서!"

"방 있어?"

"예, 손님! 주무시고 가시게요?"

"두 개만 줘!"

"네? 손님, 죄송하지만 하나뿐인데요? 같이 주무실 거 아닌가요?"

"……?"

"……?"

각자의 말고삐를 잡고 선 외수와 비연이 서로 마주보며 아무 말도 못 했다.

第七章

빙궁 신녀의 비밀

내 게 제일 크지?

　　　ㅡ조비연이 지나가는 시시와 반야, 편가연의
　　　신체 한 부분을 자신과 비교해 보며

　　몇몇 수하들과 달려 들어온 무림맹 무상 곽한도(郭漢都)는
자기 집무실을 나오는 공약지를 발견하고 큰소리로 다급히
물었다.

　　"이보게, 공 문상! 맹주는 어디 계신가?"

　　"후원에서 삼성을 뵙고 있습니다만."

　　"따라오게. 큰 일, 아니, 무서운 일이 발생했어!"

　　무척이나 다급하고 긴장한 얼굴로 움직이는 무상. 공약지
도 빠른 걸음으로 그를 쫓았다.

　　"맹주!"

급히 후원의 귀빈관 안으로 뛰어든 곽한도는 북승후와 같이 앉아 있는 무림삼성에게 먼저 꾸벅 상체를 숙여 인사를 했다.

"무슨 일인가?"

돌아보는 북승후뿐 아니라 구대통과 무양, 명원도 찻잔을 내려놓고 곽한도를 주목했다.

"맹주, 암왕께서 피살된 듯합니다."

"……?"

말도 못 하고 눈만 부릅뜬 북승후.

"그, 그게 무슨 말이냐? 피, 피살이라니?"

"의성강 하류에서 몹시 훼손된 시체들이 발견되었는데 옷가지와 지니고 있는 물건으로 보아 암왕과 그의 셋째 아들인 당문의로 추정됩니다."

자리를 박차고 일어나는 북승후. 하지만 너무나 충격적이어서 여전히 말을 못 했다.

암왕 당호는 무림맹을 방문하기로 되어 있었고, 그의 두 아들과 손녀가 같이 오고 있다는 전갈을 받은 게 불과 얼마 전 일이었다. 한데 오기로 한 날짜가 지나 소식을 알아보라고 한 게 이같이 충격적인 내용을 들고 온 것이다.

"확실한 것이야? 확인은 했어?"

"조사 중이지만 거의 확실한 것 같습니다. 당문의 암기를 지니고 있었고 차고 있는 검집도 셋째 아들 당문의의 것으로 확인됩니다. 어디에선가 싸움이 있었고 피살된 뒤 강에 유기되어 거센 물살을 타고 떠밀려 내려온 듯 보이는데, 그들이 맞다면 아마 네 사람 다 피살된 것이 아닐까 합니다."

"이런 말도 안 되는? 누가 감히 암왕을 해할 수 있단 말이냐, 누가 감히……?"

대사건이었다. 무림 전체가 격동할 일이었다. 낭왕에 이어 암왕까지, 두 명의 의천왕이 연이어 죽임을 당한 사건.

하지만 이건 낭왕의 죽음과는 충격이 달랐다. 낭왕은 자기 세력이 없는 독자적 인물이지만 암왕은 오대세가 중 하나인 당문세가라는 거대한 힘이 뒷받침되어 있는 인물 아닌가. 그런 그를 미치지 않고서야 누가 해한단 말인가.

공동파에 이어 갑자기 터지는 무림 사건에 북승후는 정신을 차릴 수가 없었다.

똑같이 충격을 안고 있던 구대통이 일어났다.

"우리가 가서 확인하겠다."

돌아보는 북승후.

하지만 구대통이 그를 무시하고 곽한도에게 물었다.

"당문엔 연락을 했느냐?"

"아, 아직……."

"바로 연락해라. 그들이 와서 직접 확인할 수 있게."

"알겠습니다."

"시체가 발견된 곳이 어디냐?"

"영홍 방향 의성강 하류입니다."

휙! 휙! 휙!

곽한도의 말이 끝나기 무섭게 삼성의 신형이 날아올랐다.

[우치 오라버니, 이것도 궁외수, 그 녀석과 관련이 있을까요?]

무림맹을 빠져나와 무서운 속도로 날아가는 세 사람. 명원의 전음에 구대통은 대답을 못 하고 꾹 입을 닫고 있었다.

심각한 표정. 그도 강한 의심이 드는 탓이었다.

대답을 무양이 했다.

[가능성을 배제할 수 없다. 암왕 당호를 살해할 수 있는 인간이 그놈 말고 또 누가 있느냐. 거기다 영홍 인근에서 발생한 일이라 더 혐의가 짙다.]

[정말 파국으로 몰고 가는군요. 만약 그놈 짓이라면 극월세가까지 괴멸당할 수도…….]

[이미 극월세가는 위험하다. 공동파 일로 소용돌이 속에 들어갔어! 우리가 구제할 방법은 없어. 놈이 공동파에 스스로 목숨을 내놓지 않는 한!]

[휴, 무슨 일이 이렇게 꼬이는지. 모두가 이목을 집중할 텐

데 극월세가가 태풍의 핵이 되었어요. 차라리 우리가 먼저 놈을 죽여 버려야 하는 건 아닌지.]

[혼란을 빠르게 막을 방법은 그것뿐이다. 만약 암왕 사건까지 놈의 소행이란 게 밝혀지면 놈이 이곳저곳과 부딪치며 더 큰 피해가 발생하기 전에 최대한 빨리 손을 쓰는 게 맞다!]

[그런데 무양 오라버니. 그놈 무위가 벌써 그렇게 강해진 걸까요? 암왕을 살해할 수 있을 만큼?]

[듣지 않았느냐. 공동파 이대제자들을 한순간에 쓸어버렸다고. 그것도 청성파와 무림맹 녀석들이 지켜보는 앞에서. 놈의 그 악마 같은 천부적 재능에 낭왕 염치우가 남긴 공력을 이미 자기 것으로 완벽히 소화했다면 결코 불가능한 일이 아니지. 우린 이런 날이 올 것을 이미 예상하지 않았더냐.]

[하지만 너무 빨라서…….]

[젠장, 나도 모르겠다. 일단 확인부터 하자!]

암울한 분위기의 세 사람. 분노를 느끼면서도 증거가 우선이기에 최대한 빠른 속도로 영홍을 향해 달려갔다.

＊　　　＊　　　＊

"뭐얏, 또 실패했단 말이야?"

편무열은 곽추 등 수하들의 보고를 듣고 감정을 추스르지 못했다.

"그런… 것 같습니다. 단 한 명도 살아나오지 못했습니다."

"어떻게 그럴 수가 있어, 어떻게? 백수 측 살수들과 우리 무망살까지 무려 삼십여 명이 투입됐는데?"

엉뚱한 수하들만 몰아치는 편무열.

"그것이… 뜬금없이 나타난 제삼자가 끼어들지 않았나 싶습니다."

"제삼자라니?"

"극월세가에 북해 빙궁으로 판단되는 무리가 들어갔었습니다."

"뭐, 북해 빙궁?"

편무열도 편장우도 표정이 휘둥그레졌다.

"예. 가마 한 채가 같이 들어갔는데 말로만 듣던 빙차라는 것 같았습니다."

점점 더 어리둥절한 편무열과 편장우였다.

"그래서?"

"들어간 시점이 일이 시작되던 때라 아마도 그들이 끼어들어 방해하지 않았을까 싶습니다. 그렇지 않고선 설명이 되지 않습니다. 빙차라면 전설의 북해 빙궁 신녀가 왔단 뜻이고, 극월세가의 위사들과 송일비라는 자로는 우리 무망살과 백수 측 특급살수들을 당해낼 수 없으니 말입니다."

"……."

기가 막혀 말을 못 하는 편무열. 편가연을 죽이지 못한 것
도 억울한데 무망살들까지 잃은 것이 화가 났다.

"그렇다면 그 세 명의 이방인들이 북해 빙궁의 아이들이었
단 뜻이군."

편장우의 말에 무열이 돌아보았다.

"그들이 왜 극월세가에 나타난단 말입니까? 무슨 연관이
있어서?"

"뭔지는 모르지만 궁외수와 관계가 있겠지. 그놈의 손님이
라고 했었잖아. 흠, 정말 알 수 없는 놈이군. 북해 빙궁이라
니… 안 되겠다. 계획을 수정해야겠어!"

"어떻게 말입니까?"

"궁외수, 그놈을 먼저 처리해야겠어. 모든 것이 그놈 때문
에 꼬이고 있잖아. 가연이 옆에서 그놈을 지워야 해. 일이 꼬
이는 걸 보면 항상 그놈이 있어!"

"음!"

"일단 자릴 뜨자. 여긴 극월세가와 너무 가까워!"

편장우가 앉아 있던 바위에서 일어났다.

하지만 편무열은 쉽게 자리를 뜨지 못했다. 눈을 극월세가
방향에다 두고 씹어 먹을 듯 이를 갈아댔다.

"두고 보자, 이 새끼!"

*　　*　　*

"이게 어떻게 된 일이지?"

사색이 된 외수였다. 붕대를 둘둘 감고 침대에 누워 꼼짝도 못하는 송일비. 들어오는 길에 엉망이 된 화원도 확인한 외수였다.

"어떻게 된 일은. 그냥 죽다 살아난 거지."

옆에 놓인 포도를 한 알씩 뜯어먹으며 아무렇지도 않은 듯 대답하는 송일비였다.

"다친 사람은?"

"으응, 편가연은 멀쩡해! 걱정 마. 이 한 몸 던져서 지켜냈거든. 대신 위사들이 많이 죽고 다쳤어."

"얼마나 쳐들어왔기에?"

"음, 전부 서른 명 정도였어. 그것도 한낮의 기습! 훗, 어처구니없지!"

비식비식 웃기까지 하는 송일비.

"옆구리 터진 것 같은데 그런 것 먹어도 돼?"

"몰라. 되니까 시녀들이 가져다놓지 않았을까?"

"고마워!"

"뭘, 뭘. 뒤채나 가봐. 널 기다리는 사람들이 있으니까."

"……"

잠시 서서 내려다보던 외수가 말없이 천천히 돌아섰다.

같이 보고 섰던 비연도 따라나서자 갑자기 송일비가 버럭 소릴 질렀다.

"야, 조비연! 넌 내 무용담을 듣고 가야지?"

싸늘히 돌아보는 비연. 송일비로선 당연히 험악한 대꾸가 날아들 것을 예상했다. 그게 그녀다웠으니까. 한데 비연의 반응은 송일비를 멍하게 만들었다.

"나중에. 지금 말을 많이 하는 건 좋지 않아."

"……?"

"궁 공자님?"

외수가 돌아왔단 말을 듣고 시시와 같이 달려온 편가연이었다.

"다행이야. 무사해서."

외수를 보자마자 왈칵 눈물이 솟을 것 같아 편가연은 입술을 꼭 깨물었다.

"저, 저는 괜찮지만 송 공자님이 많이 다치셔서……."

"그래, 많이 다쳤더군."

"송 공자님 덕분에 살았어요. 그리고 북해 빙궁 신녀의 도움 덕분에……."

"응? 북해 빙궁의 신녀라고?"

"네. 직접 오셨더군요."

"그럼 뒤채에 기다린다는 사람이?"

끄덕.

"그런데 가셨던 일은?"

"좋지 않아. 찾던 사람은 살해되었고 찾는 것도 사라졌어."

"그러면……?"

"그건 나중에 얘기해. 우선 뒤채부터 가봐야겠어."

외수가 바로 돌아서 뒤채로 가는 뒷문 쪽으로 향했다.

그때 외수의 걸음을 멈추게 하는 움직임이 있었다.

조용히 열리는 반야의 방문. 반야가 벽을 더듬더듬 짚으며 밖으로 걸어 나왔다.

"……."

물끄러미 서서 쳐다보는 외수. 자신을 찾고 있는 그녀의 눈이 가슴을 아프게 했다.

뚜벅뚜벅 천천히 걸음을 옮겨 다가가는 외수.

"반야……."

"공자님……!"

외수의 손을 잡은 반야가 눈물을 글썽이며 와락 안겨들었다.

"가자, 널 고쳐 줄 사람들이 와 있어!"

외수는 훌쩍이는 반야를 달랑 안아 들고 거침없이 뒤채로
향했다.

*　　　*　　　*

바깥에서부터 한기를 느낄 수 있었다.

반야를 안은 외수는 비연과 함께 안으로 들어섰다.

"누구냐?"

들어서자마자 두 여인이 튀어나와 저지했다.

하지만 외수를 확인한 빙설선 등이 막아선 여인들에게 말
했다.

"그예요, 궁외수!"

외수는 여인들이 물러서자 까맣고 반질거리는 석재가 깔
린 거실로 들어섰다. 처음 뒤채에 들어오는 외수였지만 본채
나 별채의 화려함과 다르지 않다는 걸 한눈에 알 수 있었다.

크고 넓은 공간. 정면으로 마주한 방에서 짙은 한기가 흘러
외수는 주저하지 않고 그리로 향했다.

하지만 빙설선과 빙설영 등이 곧바로 저지했다.

"멈추어라. 더 이상 들어갈 수 없다."

외수가 두 여인을 째려보았다.

"왜?"

"빙궁의 성스러운 존재이시다. 아무나 접근할 수 있는 분이 아니다."

"그럼 어떻게 얘기해? 서로 필요한 것이 있어 대화하는데 얼굴도 마주하지 않고 말하란 말이야?"

외수가 퉁명스럽게 대꾸할 때 문득 방문이 열리며 한기가 쏟아져 나왔다.

서릿발처럼 뿌옇게 바닥으로 깔리는 냉기.

"말하라."

방 안에서 울려나오는 여인의 음성.

외수는 안쪽을 확인하려 했지만 가득한 냉기로 인해 아무것도 구분할 수 없었다. 흐릿하게 가마 같은 것이 보일 뿐.

외수는 뒤쪽 응접탁자가 놓인 곳으로 가 의자에 반야를 앉혔다.

"여기 앉아 있어?"

"네."

반야가 대답을 들은 외수는 의자 하나를 챙겨 들고 방 앞으로 갔다. 그리고 바닥으로 냉기가 흐르는 그 앞에 의자를 놓고 앉으며 너스레를 떨었다.

"으, 춥군. 겨울도 아니고 저 먼 북쪽 극지방에 온 것처럼 추워!"

잔뜩 웅크린 모양으로 양쪽의 팔과 어깨까지 문지르며 호들갑을 떤 외수. 하지만 방 안의 반응이 없자 멋쩍게 픽 웃고 던지듯 말을 걸었다.

"나 궁외수요. 이름이 뭐요?"

그러자 즉시 빙녀들이 발끈했다.

"이놈이? 죽고 싶으냐? 감히 그런 것을 묻다니. 할 말만 해라!"

검까지 뽑아 들며 흥분하는 빙녀들.

하지만 능청스러움과 배짱에 있어선 누구에게도 뒤지지 않는 외수였다.

"젠장, 이렇게 살벌해서야 대화를 하겠나. 염라대왕 앞에서도 이것보단 덜하겠네."

"그래도 이놈이!"

수행해온 빙녀들 중 제법 지위가 있어 보이는 중년의 여인이 당장 응징할 듯 다가섰다.

그러자 방 안의 목소리가 그녀를 제지했다.

"물러나세요."

"네, 항아(姮娥)님!"

찔끔해 물러나는 여인이 깜짝 놀라며 자신의 입을 가렸다.

외수가 놓치지 않고 비시시 웃었다.

"항아? 그게 저 안에 있는 사람 이름이야?"

"닥쳐라!"

"후훗, 그것 빙궁이 아니라 달에 산다는 월궁(月宮)의 선녀 이름 아냐?"

짓궂게 구는 외수 때문에 여인의 인상이 말도 못 하게 구겨졌다. 한데 외수는 한술 더 뜨며 그녀를 경악하게 만들었다.

"거 어차피 한동안 마주해야 될 사이인데 얼굴이나 보고 얘기합시다."

방 안을 향해 외친 말.

충격에 뒤집어진 빙녀들이 이러지도 저러지도 못하고 이빨만 부득부득 갈아댔다.

대꾸 없이 잠잠한 방 안이었다.

삐딱한 자세로 앉아 노려보는 외수가 다시 능글대며 자극을 이었다.

"뭐 얼굴에 흉터라도 있으신가? 굉장히 못생겨 차마 얼굴을 드러낼 수 없는 추녀인가 보군. 허연 얼음 냉기 속에서 꼼짝도 않는 걸 보면 안 춥소?"

그 순간.

쉬익!

방 안으로부터 쏘아져 나와 외수 눈앞에서 멈추는 물체. 빙령시라는 얼음 화살이었다.

"어라, 이게 뭐야? 물인가?"

놀라기는커녕 오히려 눈망울을 초롱거리며 만져 보려 손가락을 갔다대는 외수였다.

"죽고 싶으냐?"

험악한 말이었지만 차분하고 낮게 깔리는 음성.

얼음 화살을 만지려던 외수가 그 말에 팔짱을 끼고 옆으로 돌아앉으며 콧방귀를 꼈다.

"흥, 그럼 죽이시든가."

행여 화살이 진짜 덮칠까 곁눈질로 째려보는 외수. 다행히 화살은 다른 움직임 없이 꼼짝도 하지 않았다.

팟!

터져 버리는 화살.

"앗, 차가워!"

외수가 얼굴로 튄 얼음 알갱이 때문에 호들갑스런 시늉을 했다.

"간이 큰 인간이군."

"흐흣, 날 죽일 것 같았으면 빙궁의 궁주께서 이처럼 직접 오시지도 않았겠지."

"영악하기도 하고."

"감히 건방을 떨었다면 미안하오. 난 단지 당신과 좀 더 가깝게 얘기하고 싶을 뿐이오. 모욕할 뜻은 아니었소."

"……"

침묵이 흘렀다.

한동안 계속 되던 침묵 속에 갑자기 한기가 강해지는 느낌이 있었다.

다시 허옇게 쓸려나오는 냉기.

외수는 눈을 부릅떴다. 냉기가 밖으로 흐르며 방 안의 형체들이 흐릿하게나마 조금씩 보이기 시작했기 때문이다.

분명 가마가 있었다. 외수는 가마가 통째로 집 안에 들어와 있는 것에 신기해하면서 안쪽의 변화에 눈을 떼지 않았다.

그때 가마의 전면을 가린 천들이 바람에 날리듯 천천히 들렸다. 그리고 한 사람이 밖으로 발을 내디디며 모습을 드러냈다.

외수가 더 자세히 보려 목까지 내밀어 눈에 힘을 모으고 있는 그때 스르륵 앞으로 미끄러져 오는 여인.

그녀의 신형은 방 바로 안쪽에서 멈췄지만 외수는 그녀의 신비로운 모습에 시선을 떼지 못했다.

눈 속에서 태어나면 저럴까. 입고 있는 선녀 같은 옷은 고사하고 눈썹도 입술도 피부도 머리부터 발끝까지 온통 하얗기만 여인. 모든 것이 가늘고 가녀린데 딱 하나 커다란 눈망울만이 수정 구슬을 박은 듯 푸른 하늘빛일 뿐이었다.

"궁외수란 사람이 당신이군요."

여인의 물음에 외수는 딴말을 했다.

"우와, 사람 맞소? 심장이 떨려 죽을 것 같소. 어떻게 사람이 땅에 닿지도 않고 둥둥 떠서……?"

"만족했나요?"

"영광이오. 전설과 같은 북해 빙궁의 궁주이자 신녀인 분을 이런 곳에서 뵙게 되다니."

"……."

마주보는 두 사람. 내려다보는 눈길도 풍기는 인상도 외수는 모든 것이 은은한 여인이라 생각했지만 이렇게 모습까지 드러내어 주는 그녀가 무슨 의도를 가졌는지는 계산이 되지 않았다.

문득 뒤에 선 비연을 돌아다보고 또다시 너스레를 떠는 외수.

"흐흐, 너나 편가연 못지않은데? 아니, 더 예쁜가?"

비연이 눈을 흘겼다.

"지금 그게 중요해?"

"비연, 너 저렇게 떠 있을 수 있어?"

또 딴말을 하는 외수.

"집중이나 해, 바보 녀석!"

"히히!"

좋아죽겠다는 듯 연신 히죽거리는 외수.

구겨진 인상으로 내려다보는 비연은 진짜 그런 것인지 일부러 그러는 것인지 구분을 할 수가 없었다.

외수가 비연 때문에 다시 빙궁의 궁주를 돌아보았을 때 그녀가 외수의 검에 눈을 두고 물었다.

"지금 당신이 가지고 있는 검이 본궁의 성물이 들어간 검인가요?"

"그렇소. 보시겠소?"

외수가 거침없이 검을 들어 보였다.

그러자 곧바로 검집에서 쑥 빠져나가는 검.

검은 방 안 여인에게로 정확히 날아갔다.

날아온 검을 잡은 여인이 잠시 살피듯 가만히 내려다보다 다시 외수를 보며 말했다.

"또 하나를 가지고 있다던데?"

외수가 궁주를 응시하며 잠시 망설이다 천천히 비연을 향해 고개를 들었다.

올려다보는 외수를 보지도 않고 주저 없이 품속으로 손을 넣는 비연. 그리곤 일곱 개의 월령비도를 꺼내 여인을 향해 날렸다.

쉬쉬쉬쉭!

제법 빠른 속도로 날아가는 비도. 하지만 여인은 미동도 하지 않았다.

비도들이 앞에서 멈추자 그제야 고개를 돌려 가만히 응시하는 그녀. 하지만 이내 인상을 찌푸리더니 손을 뿌리쳤다.

"너무 미약해!"

휙! 휙휙휙휙!

떠 있던 일곱 개의 월령비도도 외수의 무극검도 그녀가 일으킨 경력에 휩쓸려 빠르게 되돌아왔다

콱!

외수 발밑으로 날아와 박히는 검. 비연이 일곱 개의 비도를 가볍게 회수한 것에 비해 외수는 두 다리까지 번쩍 쳐들어 꼴사납게 피하는 모습을 보였다.

분위기가 변한 북해 빙궁 신녀. 뭔가 크게 잘못되었나 싶어 당황한 외수가 눈알을 굴리며 물었다.

"왜, 왜 그러시오?"

그녀는 대꾸도 하지 않고 쳐다보지도 않고 몹시 화난 모습만 보이다 아무런 말도 없이 그 자리에서 꺼지듯 빙차 속으로 모습을 감춰 버렸다.

다시 뿌연 냉기로 가득 차는 방.

까닭을 모르는 외수가 비연과 마주보며 어리둥절해했다.

그때 빙차로 들어간 신녀의 화난 목소리가 들렸다.

"무적신갑이란 나머지 하나는 어디 있느냐?"

확실히 화가 돋친 목소리.

비로소 진중해진 외수가 의자에서 일어났다.

"그렇잖아도 그것 때문에 감숙 땅까지 갔다 오는 길이오. 갔을 때 이미 손공노란 사람은 누군가에게 피살당한 상태였고, 그가 가졌던 무적신갑도 사라지고 없었소."

"그래서 이제 어떡할 것이냐? 네놈들 목숨을 내어놓을 것이냐?"

"……."

대답 없이 잠자코 있는 외수. 고개를 떨어뜨린 채 잠시 생각을 하던 그가 큰 심호흡을 하며 고개를 들었다.

"흠, 신투 송야은 문주에게 듣기론 빙정이란 것이 귀 궁의 빙백신공이란 무공을 익히는 데 필요한 것이라던데 꼭 그런 것만은 아닌 모양이오?"

"……."

이번엔 안쪽에서 말이 없었다.

외수는 옆의 나이 많은 빙녀를 쳐다보았다. 잔뜩 독이 올라 잡아먹을 듯한 눈매로 노려보는 그녀.

외수는 픽 웃고 거침없이 방으로 향했다.

"뭐하는 짓이냐?"

당황한 빙녀들이 검을 뽑아 들고 달려들었지만 외수의 발은 이미 방 안으로 들여놓고 있었다.

그 순간 굉장한 음한지기가 덮치며 외수의 걸음을 방해했다.

"읍!"

숨까지 얼어버릴 듯한 굉장한 한기. 실제로 바닥과 벽이 쩡쩡 얼어붙는 것 같은 소리가 날 정도였다.

"무슨 짓이지?"

빙차 안의 목소리.

"확인하고 싶은 게 있소."

"네놈이 내게서 감히 무얼 확인한단 말이냐?"

"일단 그 안에서 나와 보시오."

"꺼져라! 한 걸음이라도 더 다가오면 죽여 버리겠다!"

"그러시든지!"

쓴 미소를 머금은 외수가 다시 다가가기 시작했다.

쓩!

빠르게 날아오는 파공성. 그것이 얼음 화살 빙령시라는 걸 확인했던 외수가 가볍게 검을 들어 막았다.

팍!

검집을 때리며 산산이 부서지는 얼음 화살.

"안 나오면 내가 들어갈 것이오."

쓩! 쓩!

연달아 날아드는 빙령시.

받아치는 외수의 움직임도 빨라졌다.

파파팍!

빙령시를 받아치는 것과 동시에 외수는 빙차를 향해 내달았다.

그러나 그대로 내버려 두지 않았다.

파앙!

이전과는 다른 파공성이 터지며 강력한 경력이 덮쳐 왔다.

외수는 피해야 한다는 걸 직감적으로 느꼈지만 너무 가까웠다. 어쩔 수 없이 두 팔을 교차해 온몸으로 떠안았다.

콰앙!

외수도 공력을 일으켜 몸을 보호한 탓에 굉장한 폭발음이 났다.

"욱!"

강한 폭발음만큼이나 엄청난 위력. 외수는 그대로 방 바깥까지 날아가 처박혔다.

거의 원래 있던 자리까지 튕겨져 나온 외수가 입술을 훔치며 일어나려 기를 썼다.

"괘, 괜찮아?"

걱정스레 다가서는 비연. 그러나 찌푸려진 외수의 눈은 방 안 빙차만 노려보고 있었다.

대단한 위력. 낭왕의 일원무극공이 없었다면 과연 어찌 되었을지 생각하기도 싫은 위력이었다.

"흐, 이게 북해 빙궁의 그 빙백신장이란 것인가 보군."

기어이 우뚝 일어서는 외수. 입가에 훔친 핏물 자국이 선명했다.

"한 번으론 부족하지. 다시 한 번 해봐!"

외수가 벼락같이 몸을 날렸다.

파앙!

어김없이 터져 나오는 장공.

하지만 이번엔 외수가 밀리지 않았다. 일원무극공을 충분히 끌어올린 상태였고 한 번의 경험이 대응을 가능케 했다.

콰콰쾅!

연달아 두들기는 빙백신장. 그래도 외수는 빙차를 향해 한 발씩 다가섰다. 그리고 손이 닿을 만큼 가까워졌을 때 결국 신녀가 모습을 보였다.

"감히!"

목소리보다 먼저 뻗어 나오는 검.

"헛?"

외수가 깜짝 놀라며 황급히 왼손 자신의 검을 쳐들었다.

캉!

눈처럼 하얀 백색의 검. 예상도 못 했던 데다 불시에 튀어나와 가까스로 막아낸 외수였다.

캉! 카앙! 캉캉!

좁은 방 안에서 느닷없이 벌어진 검무(劍舞). 하지만 북해 빙궁의 성녀이자 신녀인 궁주의 검술 실력은 그녀가 가진 엄청난 공력을 생각하면 한참이나 못 미치는 수위였다.

휘익, 콱!

대번에 손목을 움켜잡아 버리는 외수.

"이잇!"

왼손으로 빙백수(氷白手)란 수공을 시전하려는 그녀였지만 뻗어내기도 전에 그 손마저 외수는 붙들어 버리고 말았다.

"이봐, 가만있어!"

가만있지 않으려고 해도 가만있을 수밖에 없는 상태였다. 외수가 덮치듯 두 손을 움켜잡는 바람에 그녀의 허리는 뒤로 꺾여 넘어갔고 외수가 위에서 누르는 듯한 자세가 되어버려 어쩔 도리가 없었다.

"놔! 놓아라, 이놈!"

"가만있으라니까!"

외수가 맞닿을 듯 바로 코앞에서 소리친 탓에 움찔 놀란 그녀였다.

성난 듯 노려보는 외수의 눈.

"역시 그랬군. 다른 이유가 있었어!"

"무, 무슨 소리냐? 다른 이유는 없다!"

"……."

노려보던 외수가 그녀를 바로 세워주며 희고 가녀린 손목을 천천히 놓아주었다. 그리곤 할 말이 없단 듯 바로 거실을 향해 돌아섰다.

"이놈, 죽여 버리겠다."

"시끄러!"

다시 검을 내치려했던 그녀. 하지만 외수의 고함에 찔끔 눌리는 모습만 보였다.

"저녁에 다시 올 테니 기다려!"

"……."

방을 나서는 외수. 바깥의 빙녀들이 분노를 이기지 못하고 바들바들 떨며 검을 들이대자 외수가 그녀들을 노려보았다.

"성물 찾기 싫어?"

"이이, 이, 이놈!"

"설치지 마. 너희 궁주 살려서 돌아가고 싶으면!"

"……!"

외수는 가로막은 검들을 무시하고 반야에게로 향했다.

"일단 돌아가야겠어. 일어나!"

외수가 손을 내밀자 잡고 일어나는 반야.

외수가 반야를 데리고 나가자 도대체 무슨 상황인지 알 수가 없는 비연이 방 안에서 실의에 가득 찬 모습으로 우두커니 서 있는 빙궁의 신녀를 돌아보곤 천천히 따라나갔다.

第八章

저승사자보다 더 무서운 이름

"뭐얏? 놈이 마교 교주의 아들이라고?"

분노한 구대통이 자리를 박차고 일어났다.

하지만 그는 단 한 걸음도 움직이지 못한 채 되물었다.

"그런데 이게 잘된 거야, 큰일 난 거야?"

"준비는 끝났느냐?"

"예, 장문!"

제자들이 죽임을 당해 시체로 돌아온 꼴을 보고난 뒤 항상 화가 난 목소리인 공동파 장문 충령이었다.

머잖아 이대제자들에게 장문 직위를 넘기고 뒷방으로 물러나 쉬려던 시점에 발생한 화(禍).

어찌 인내를 할 수 있으랴. 결코 용서할 수 없었다.

충령이 자신의 집무실에서 공동의 실무를 책임지고 있는 최고 배분의 일대제자들과 마주하고 있을 때, 젊은 제자 하나가 안으로 들어왔다.

"장문!"

"무슨 일이냐?"

"무림맹으로부터 전서가 왔습니다."

"……."

썩 내키지 않는 듯 다소 언짢은 표정으로 전서를 넘겨받는 충령.

그는 전서를 펼쳐 천천히 읽어 내려가다 갑자기 인상을 구기며 아예 전서를 박박 찢어버렸다.

"이 늙은이들이?"

화를 토한 충령이 전서를 들고온 젊은 제자를 돌아보고 더 큰 화를 토했다.

"답신을 보내라! 경황이 없어 말씀을 따를 수 없다고!"

놀란 표정의 일대제들이 물었다. 팔순에 가까운 장문인이 경어(敬語)를 쓰는 것으로 봐선 윗사람이란 뜻인데 그보다 배분이 높은 사람이 무림 전체를 통틀어도 몇 없었기 때문이었다.

"장문, 왜 그러시는 겁니까?"

"무림삼성 명의로 맹에서 온 전서다. 쓸데없는 요구가 적혀 있었을 뿐이야. 이 일로 응징에 나서기 전에 자기들을 먼저 만나달라는군. 쳇, 망할 늙은이들 같으니라고."

"……?"

모여 앉은 일대제자들이 얼떨떨했다. 무림삼성이 무림맹에서 전서를 보내온 것도 그렇고, 그 전서를 아무렇지도 않게 찢어 무시해 버리는 장문인이라니.

"나가자!"

모두가 보고 있는 가운데 거침없이 충령이 자리를 박차고 일어났다. 이미 궁외수를 잡으러 갈 제자들을 대광장에 대기시켜 놓은 상황. 우물쭈물 따라 일어서지 못하는 일대제자들 중 의령(義零)이란 인물이 충령의 움직임을 붙들었다.

"장문 사형, 잠깐만!"

"왜?"

"장문, 너무 성급하신 건 아닌지……."

"뭐야?"

충령의 눈썹이 하늘로 쳐들렸다.

하지만 말을 꺼낸 의령은 어려운 가운데서도 조심스레 말을 이었다.

"비록 제자들이 주검으로 돌아왔지만 이렇게 흥분 상태로 대응할 게 아니라 좀 더 심사숙고한 후에 움직이는 게 좋을 듯합니다."

"그게 무슨 소리냐? 심사숙고라니? 심사숙고할 게 뭐가 있다고? 그놈 숨통을 좀 더 붙여놓잔 뜻이냐? 본 파의 제자들이 그처럼 무참히 당한 꼴을 보고도?"

"장문, 놈의 무위가 심상찮다고 하지 않습니까. 저 역시도 어린놈이 과연 어찌 그럴 수 있는지 이해는 되지 않지만 실제 사건 당신의 상황을 들어봐도 이미 극강의 경지에 도달한 놈일 듯싶습니다. 자칫 더 큰 피해가 발생하지 않을까 우려스러운 부분이 없지 않아 있습니다. 아마 무림삼성께서도 달리 정보가 있기에 그런 우려에서 전서를 보내온 듯한데, 장문 사형께서는 그런 점들을 깊이 고려하시어 조금만 더 냉정히 대처를 하셨으면 합니다."

"……."

충령의 안면이 붉으락푸르락 화를 삼키지 못하고 있었다.

"멍청한 것! 그래서 놈의 무위가 무서워 즉각 대응도 못 하고 머리만 싸매고 있는 공동파란 소리가 듣고 싶으냐? 무림맹이나 무림삼성의 도움으로 자신들의 복수를 했다는 소리가 듣고 싶은 게야? 난 그리는 못 한다. 그놈이 아니라 과거의 무왕 동방천이 저승사자가 되어 돌아왔다고 해도 난 모든 힘을 동원해 놈을 처단할 것이다! 웅크리고 싶은 놈은 거기 그러고 있어라! 못난 것들 같으니!"

충령이 화를 도포자락에 실어 휘날리며 집무실을 박차고 나갔다.

"자, 장문 사형?"

어쩔 수 없이 뒤쫓는 일대제자들. 그들은 어찌할 도리가 없음을 깨닫고 더 이상 충령을 붙잡지 못했다.

다시 모든 제자들이 도열한 상천관 앞 광장.

일천 명에 달하는 제자들을 굽어보며 장문 충령이 단상에 올라 외쳤다.

"들어라! 모두가 똑똑히 보았다시피 우리 공동은 다시 있을 수 없는 치욕을 당했다. 이는 우리 공동의 역사와 위상에 대한 도발이고 능욕이다. 반드시 씻어야 할 오욕이며 즉시 되갚아야할 수모다. 하여 본 장문은 오늘부터 필요하다면 전 제자가 그에 대한 보복과 응징에 나서길 주문한다."

공력에 의해 쩌렁쩌렁 울리는 장문의 고함. 일천 명 모두의 흥분을 끌어내기엔 충분했다.

"이미 지목한 일대제자 스무 명은 지금 당장 이대제자 오십 명을 이끌고 영흥 극월세가로 가 범인을 붙잡아 압송하라! 그리고 추가로 지명된 이백 명의 제자들은 앞선 선발대를 뒤쫓아 지원하고 범인과 범인을 옹호하는 세력이 있거든 주저 없이 섬멸하라!"

무서운 명령이었다. 천하제일상가인 극월세가를 염두에 두고 하는 말이었다.

이 명령으로 인해 공동파의 장문, 충령이 얼마나 화가 났고 어떤 각오를 가졌는지 알 만했다.

무려 삼백에 가까운 출동 인원. 단순한 위세 과시가 아니었다. 이건 전쟁을 하자는 것이었고 여차하면 싹 쓸어버리겠단 의도였다.

감정이 격해진 모든 제자들이 흥분으로 들끓는 건 당연했다.

장문 충령은 이 정도면 충분하다고 생각했다. 그의 속내는 단순히 범인인 궁외수와 조비연에게만 있는 게 아니었다.

만인의 숭상을 받는 극월세가까지 어느 정도 실질적 타격을 가해 천하에 공동파의 존재를 드러내는 것. 그리하여 실추된 위상과 명예를 회복하고 무림을 포함한 모두가 공동파의 위세를 다시 한 번 인지할 수 있게 만드는 것이 목적이고 목표였다.

그런데 충령이 곧 하산 명령을 내리려고 하는 그때, 이 모든 분위기를 뒤엎어 버리는 변화가 일어났다.

"사숙! 사백!"

"장문!"

산 아래쪽으로부터 고함을 지르며 죽일 듯이 달려오는 자들. 산문 쪽에 드나드는 이들을 관리하기 위해 번을 서러 내려갔던 제자들 중 일부였다.

미친 듯이 달려오는 모습이나 내지르는 고함이 예사롭지

않음을 인지한 한 사람이 급히 단상에서 뛰어내렸다. 장문인 충령을 보좌하고 있는 일대제자 중 무령(戊寧)이란 사람이었다.

"무슨 일이야? 왜 그러느냐"

"사, 사백! 침입자들이, 침입자들이……!"

"침입자라니?"

"그것이… 마, 마교 무리들 같았습니다."

"무어라? 마교?"

무령뿐 아니라 단상 위 충령을 비롯한 모든 이들이 눈을 부릅뜨며 놀랐다.

"마교라니? 이놈들, 정신 차리고 똑바로 말해라!"

"틀림없습니다! 그들이 그들 스스로 일월천에서 왔다고 했습니다!"

"……?"

말하는 자도 듣고 있는 자도 믿지 못하겠단 얼굴이었다. 일월천이라니? 난데없이 그들이 왜 공동산에 나타난단 말인가.

"그래서? 그래서 어찌 되었느냐? 무슨 상황이 벌어졌어?"

묻는 자도 다급해졌다.

"저지를 했는데도 무작정 밀고 올라오고 있습니다."

"무작… 정?"

"예! 격한 싸움은 일어나진 않았지만 모두 한순간에… 제압당했습니다."

어안마저 벙벙한 무령이었다. 도저히 현실 같지 않은 말. 그가 급히 단상을 돌아보았으나 장문인 충령의 표정 역시 다르지 않았다.

급기야 충령도 단상에서 뛰어내렸다. 그러자 그와 같이 있던 주요 일대 이대제자들도 다 같이 몰려 내려왔다.

"이놈, 실성한 것이냐? 마교 놈들이 왜 공동에 나타난단 말이냐? 다시 말해 보아라!"

충령이 재차 확인을 위해 다그쳤다.

"장문! 틀림없이 자신들을 그리 밝혔습니다. 일월천 철혈마군(鐵血魔軍)이라고."

"무어라? 처, 철혈마군? 그, 그게 정말이냐?"

"그렇습니다."

"……!"

충령조차 입이 떡 벌어졌다. 철혈마군이라면 일월천이 마도를 통일할 때 선봉 역할을 했다는 마교 최고의 무력부대.

충령은 머릿속이 하얗게 비워지는 느낌이었다. 이게 사실이고 현실이라면 전쟁을 의미하는 것이었고, 그들이 중원 정복에 나섰다는 것, 그리고 그 침공의 첫 번째 타격 대상이 바로 자신들이라는 것이었다.

마도들이 중원 침공을 할 때는 대개 가장 가까운 사천 땅부터 점령하는 것이 지금까지 그들이 보여 왔던 수순이었으나 감숙 역시 그들의 땅과 맞닿아 있으니 얼마든지 벌어질 수 있는 일이었다.

충령은 정신을 차리려 애를 썼다. 넋을 놓고 있을 수만은 없는 일이었다.

사전 조짐도 없이 쳐들어온 갑작스런 침공이라곤 해도 충분히 저항할 힘을 갖추고 있는 공동파였고, 그리고 일월천 역시 첩혈사왕이란 엄청난 인물이 있을 당시와는 비교도 할 수 없을 만큼 힘이 쇠락한 상태라고 하지 않았던가.

내홍으로 인해 분열 상태까지 이르렀다는 마교.

또한 철혈마군 역시 첩혈사왕이 이끌던 무력부대라지만 그가 없는 철혈마군은 껍데기나 다름없는 것. 결코 두려워할 것이 없었다.

"모두 싸울 태세를 갖춰라! 천뢰복마진(天雷伏魔陣)을 펼쳐!"

사색이 되어 있던 제자들이 충령의 명령에 퍼뜩 정신을 차리고 각자 무기를 뽑아 들며 기민하게 움직이기 시작했다.

부산스럽게 싸움에 임할 준비를 하는 사이 비로소 말을 탄 자들이 등장했다.

올라오는 길이 좁고 거친 험로였음에도 아주 태도로 유유히 등장하는 그들.

충령은 그들의 느긋한 태도가 이해도 되지 않고 눈에 거슬리기도 했지만 조금도 긴장감을 늦추지 않으려 기를 썼다.

"꿀꺽!"

팔십에 이른 나이인데도 마른침이 넘어가는 충령. 아무리 부정하려 해도 일월천이란 이름, 마교라는 이름, 철혈마군이란 이름이 주는 압박감이 거대한 탓이다.

줄줄이 나타나 도열하듯 좌우로 퍼져 서는 자들. 거친 땅에 사는 자들답게 큰 체격과 험악한 인상을 가진 그런 자들이 적어도 삼백 명은 될 듯했다.

꿀꺽. 충령은 마주선 철혈마군을 노려보며 다시 한 번 마른침을 삼켜야만 했다.

언제 공격을 시작할 것인가, 언제 공격 명령이 내려질 것인가 조바심마저 나는 상황이었지만 도열한 자들은 마치 굽어보듯 말 위에 앉아서 특별한 움직임을 보이지 않았다.

그러나 한순간 그들이 좌우로 갈라서며 뒤로부터 길을 열었다.

갈라진 무리들 사이로 걸어 나오는 세 필의 말.

보기에도 부대를 움직이는 수장들인 것이 표가 났다.

한데.

"야, 무력부장!"

"예, 교주!"

"이곳 산 이름이 무엇이라고?"

"공동산입니다!"

놀란 충령이 질문을 던진 자를 쳐다보았다.

'교주… 라고?'

그리고 보니 가운데 말을 타고 오연히 앉은 자는 지고한 신분을 나타내는 황금빛 용포(龍袍)를 두르고 있었다.

그런데 너무 젊지 않은가. 이제 고작 사십 정도의 나이밖에 되어 보이지 않았다. 일월천의 교주라면 나이 아흔을 넘겼다는 섭위후란 늙은이가 아니었던가. 아무리 내공이 심후하다 해도 저처럼 젊은 모습일 수는 없었다.

새로 선출되거나 새로 권좌를 차지한 자인 것인가? 충령의 머릿속은 터질 정도로 어지럽게 얽혀들고 있었다.

엄습하는 불안감.

"아주 좋아, 마음에 드는군. 산세도 좋고 어우러진 풍광도 좋고 저 밑으로 깔려 있는 구름도 마음에 들어! 연우정, 네 생각은 어때?"

"하하, 소인의 눈에도 좋아 보입니다. 이만하면 중원에서도 몇 손가락 안에 들 만한 풍치입니다."

"그래? 그런데 저기 우글거리는 저것들은 뭐야?"

"아, 저건 그냥 도사 놈들입니다. 이곳에 공동파란 조촐하고 조악한 집단을 이뤄 떼거리로 산다더군요."

"뭐야, 그럼? 텃세부릴 주인이 있는 산이란 말이야?"

"하하, 주인이 어딨습니까? 그냥 한두 놈 몰려들어 자기들끼리 집 짓고 움막 짓고 사는 것들일 뿐입니다. 말씀만 하시면 모조리 싹 쓸어버리겠습니다."

"흠, 그래서야 쓰나."

충령은 자신을 내려다보는 사내와 눈이 마주치자 움찔했다. 굉장한 안광. 절대자 같은 무시무시한 힘이 느껴지는 강렬함이었다.

천천히 말에서 내려서는 사내. 그는 서슴없이 앞으로 걸어와 질문을 던졌다.

"여기 우두머리가 누구신가?"

충령이 피가 몰려 터질 것 같은 머리 때문에 잔뜩 인상을 쓰고 대꾸했다.

"너, 너는 누구냐? 어째서 마도 무리가 공동산에 오른 것이냐?"

그 순간 충령은 번쩍 터지는 상대의 안광을 보았고, 그 때문에 머리가 더 빠개질 것 같았다.

"흠, 당신이 우두머린가 보군."

"……"

기가 질린 충령.

그러자 옆에 섰던 무령 진인이 한 발 나서며 대답했다.

"그렇다! 이분은 대공동파의 충령자 장문이시다! 네놈의 정체를 밝혀라!"

쿠아앙!

무령의 말이 끝나기 무섭게 대기를 가르며 날아드는 물체. 무지막지한 파공성까지 일으키며 날아온 그것은 어김없이 무령 앞에 꽂히며 폭발을 일으켰다.

콰콰쾅!

"읍!"

튀어 오르는 돌과 흙더미. 경력을 일으켜 모두 차단했지만 무령과 충령은 두어 걸음 물러나야 했다.

땅에 박힌 것은 한 자루 무식한 칼이었고, 그것을 던진 자가 노성(怒聲)을 질렀다.

"감히 서쪽 하늘을 지배하신 절대자께 엎드려 경배는 못할 망정 망발을 지껄였으렷다. 내가 네놈의 살과 뼈를 발라주어야 깨닫겠구나!"

휘익!

그대로 말 위에서 쏘아져 오는 신형. 동시에 땅에 박혔던 칼도 날아올라 그의 손에 쥐어졌다.

"목을 늘여라!"

쾌속한 신형. 무식한 외모, 강기를 발산한 칼. 허공을 가르며 덮쳐 오는 그는 마치 전신(戰神) 같은 모습이었다.

거기다 고함까지.

"우아아아아아!"

콰앙! 콰앙! 쾅쾅쾅!

공동파 장문 충령과 무령을 거대한 강기를 표출한 도로 마구 찍어가는 사내. 그는 첩혈사왕 궁뇌천이 남긴 철혈마군의 수장, '혈우폭마(血雨暴魔) 연우정'이었다.

그의 별호에 딱 맞아떨어지는 성격과 행동 방식. 최강 무력 조직을 이끄는 수장답게 앞뒤 가리지 않는 거친 저돌성을 가진 그였다.

하지만 그의 저돌성도 기침 소리 하나에 멈추었다.

"어허, 무엇하는 짓이냐?"

"교주, 이 늙은 놈들이 감히!"

"그만두고 물러나라. 내가 말하고 있지 않느냐."

"존명!"

재빠르게 뒤로 물러나는 연우정.

첩혈마군 대주 연우정의 무력을 확인하며 식겁한 충령과 무령의 안색이 누렇게 떠 있었다.

"저 봐라. 노인들이 놀란 듯하지 않느냐. 쯧쯧, 성격하고는."

혼이 난 충령과 무령이 안쓰럽다는 듯 연우정을 보며 눈을 흘기는 인물. 평소 입에 달린 욕과 능청이 주특기인 첩혈사왕 궁뇌천이었다.

그리고 그는 지금 두 가지 특기 중 능청을 시전하고 있는 중이었다.

"일월천 섭… 교주이시오?"

기가 눌린 충령의 물음에 궁뇌천이 힐끔 눈길을 쏘곤 비시시 웃었다.

"죽을 때 다 된 그 영감이 나보다 더 유명한 모양이군. 후훗, 미안하오만 난 첩혈사왕 뇌천이란 사람이오."

"으으읍!"

자기도 모르게 터져 나와 버린 신음. 충령과 무령뿐 아니라 공동파 제자들 모두가 충격으로 술렁였다.

"정녕 첩혈사왕이오?"

끄덕.

충령과 무령은 벌어진 입을 다물 수가 없었다. 첩혈사왕이라니. 영마지기를 타고난 마도 통일의 주역, 절대무력의 소유자.

죽은 게 아니었단 말인가? 부상 후유증으로 사망했단 것도, 권력 다툼에 밀렸다는 것, 그리고 최근 일월천이 분열 조짐을 보인다는 것도 모두 헛소문이었단 뜻?

"하, 한데, 마도의 영웅이 어찌 이곳에 와 본산에 오르신 게요?"

"흠, 나들이 삼아 나왔소."

"……?"

충령과 무령은 자신들의 귀를 의심했다.

"뭐, 뭐라 했소? 방금 나들이라 했소?"

끄덕.

거듭 끄덕여지는 고개를 확인한 두 사람은 그 의미를 헤아리릴 수가 없었다.

"당최 무슨 상황인지 모르… 그, 그럼 싸우러 온 게 아니란 말, 말씀이오?"

"흐흐, 글쎄올시다. 나야 워낙 피비린내 나는 전장에서 살아온 몸이라 싸워야 할 일이 있으면 당연히 싸우겠지만 지금은 유람 중이라서 말이오."

"……."

"그런데 난 참 여기가 맘에 드는구려. 이름이 뭐라 했더라?"

궁뇌천이 또 능청을 떨자 뒤쪽 말 위에 그대로 앉아 있는 무력부장 곽천기가 씨익 웃으며 외치듯 대답했다.

"흐흐. 공동산입니다, 교주!"

"아, 그래! 공동산! 저놈 똑똑하군."

"감사합니다, 교주! 흐흐흐!"

곽천기를 돌아봤던 궁뇌천이 다시 충령과 무령을 마주하

며 말을 이었다.

"이곳을 지나다가 말이오. 순전히 아주 우연히 이곳을 지나다가 말이오. 잠깐! 저기 혹시⋯ 방금 내가 순전히, 또는 우연히 따위의 말을 강조해서 지금 내 말을 의심하는 건 아니겠죠?"

"⋯⋯?"

도리도리 고개를 재빨리 좌우로 흔드는 두 사람.

"하하, 다행이오. 그럼 계속 말하겠소. 어쨌든 이곳에 올라와 보니 산 전체가 웅장하고 수려한 게 아주 내 맘에 쏙 든단 말이오. 한데 보시다시피 이렇게 많은 사람이 똬리를 틀고 있었구려. 허허!"

충령과 무령은 도대체 이 엄청난 인간이 무슨 말을 하고자 하는 것인지 갈피를 잡을 수가 없었다.

"흐흐, 내 말이 무슨 말인지 못 알아듣는 기색들이군. 그럼 좀 더 말해보겠소. 나도 이제 나이도 슬슬 하나둘 들어가고 나중에 이런 곳에 집이나 짓고 조용히 살면 좋겠단 생각이 드는데 여러분들이 걸림돌이란 뜻이오. 어찌 하면 좋겠소?"

"⋯⋯?"

대답조차 못 하고 멍한 표정만 보이는 두 사람이었다.

그때 곽천기가 또 끼어들며 소리를 질렀다.

"교주, 뭘 그런 걸 물으십니까? 그냥 꺼지라고 하면 될 걸."

눈은 충령과 무령에게 두고 픽 웃는 궁뇌천.

"시끄럽다! 비록 소문은 더럽게 났지만 난 그렇게 모질고 나쁜 사람이 아니다! 그리고 그렇게 말하면 여기 이 많은 사람들이 가만히 있겠느냐? 죽기 살기로 싸우려고 덤빌 텐데, 그러면 무수한 피를 봐야 하지 않느냐. 안 그렇소, 두 분?"

끄덕끄덕끄덕.

충령과 무령이 그렇다고 열심히 고개를 끄덕였다.

"후후, 맞소. 아주 거친 땅에 살아온 탓에 그동안 너무도 많은 피만 보고 살았는데 이런 좋은 곳에 피를 적셔놓고 싶지 않구려."

"……."

충령과 무령은 머리가 터질 것 같았다. 당최 무슨 말을 하는 것인지. 평화를 원한단 뜻 같기도 하고, 협박을 하는 것 같기도 하고.

곁눈질로 둘을 힐끔 쓸어본 궁뇌천이 허리를 쭉 세우며 결론을 말했다.

"하하, 그래도 이 산이 갖고 싶은 걸 어떡하지?"

"……?"

이제야 명백히 의도를 파악한 충령과 무령이 주춤대며 한 걸음씩 물러섰다. 절대 굴복할 의향 없이 맞서 싸울 태세. 강력한 살기까지 흘리는 두 사람이었다.

여전히 비스듬히 서서 두 사람을 흘려보는 궁뇌천. 그이 표정도 서서히 굳어갔다.

"훗, 그 태도들은 뭘까? 설마 나와 싸우겠다고 그런 어이없는 자세를 취하는 건가?"

"첩혈사왕 교주! 당신의 정확한 의도가 무엇인가? 무슨 흉계로 우리 공동파를 범하는 것인가?"

"흉계?"

"그렇지 않고. 지금까지 말장난을 하며 장황하게 늘어놓은 게 결국 우리 공동파를 유린하겠단 뜻 아닌가?"

드드드드드……!

갑자기 지진이 난 것처럼 땅이 뒤흔들렸다. 우뚝 선 궁뇌천이 공력을 땅으로 흘리고 있었기 때문이다.

여기저기 먼지가 풀썩대며 일어나고 철혈마군이 탄 삼백 필의 말들이 일제히 날뛸 정도로 강력한 진동이었다.

그때 뒷짐을 지고 있던 궁뇌천이 공동파 무리들을 향해 한 걸음을 내딛듯 발을 쿵 내리찍었다.

쿠쿵!

거대한 울림이 땅 밑으로 흘렀다.

그리고 뒤집어지는 바닥.

콰콰콰콰콰콰……!

바닥이 뒤틀리고 땅거죽이 일어날 정도의 지진. 그 위력은 일천 명 공동파 사람들 뒤쪽까지 미쳤는데 거의 대부분의 사람들이 균형조차 못 잡고 비틀댔다.

상상조차 힘든 무지막지한 공력.

겨우 균형을 유지하며 궁뇌천을 노려봤던 충령과 무령은 감히 입도 열지 못했다.

"피를 보고 싶다면 보게 해주지! 그렇지만 말했잖아. 갖고 싶긴 해도 이 멋진 풍경에 피를 적시고 싶지 않다고. 왜 말을 못 알아듣지?"

"……."

"공동파라고? 아아……."

머리가 아프단 듯 손을 가져다대고 여전히 능청을 떠는 궁뇌천.

"너희가 이렇게 나오니 골이 아프군. 아무래도 쉬면서 생각 좀 해봐야겠어. 이 산을 가질 건지 말 건지 말이야. 무슨 말인지 알아?"

"……?"

충령이 대답 없이 노려보기만 했다. 어찌 대답을 하랴. 이 상상조차 안 가는 인간과 그의 수하들을 두고.

"올라오다 보니 산문 바깥쪽도 훌륭하더군. 계곡에 폭포에. 거기서 머리나 식히며 좀 생각해 봐야겠어. 곽천기!"

말 끝에 호명이 따르자 곽천기가 벼락같이 날아와 머리를 조아렸다.

"예, 교주!"

"저기 봐!"

궁뇌천이 슬쩍 턱 끝으로 가리킨 곳. 꽤 거리가 있었지만 공동파 사람들 뒤쪽 제법 큰 삼 층 전각이 우뚝 솟아 혼자 자리하고 있었다.

"명화전(明樺殿)이라고 쓰인 저것 말입니까?"

"그래. 아까부터 몹시 눈에 거슬렸어. 쓸데없이 이 좋은 풍광을 해치고 있는 것 같지 않아?"

"그렇습니다, 교주! 이 좋은 풍경에 안 어울립니다."

"맞아! 귀찮으니까 네가 해결해!"

"옙, 교주!"

그르릉.

곽천기가 칼을 뽑는 것을 보며 궁뇌천은 등을 돌려 천천히 자기 말이 있는 곳으로 향했다.

부아아악!

칼을 뽑은 곽천기가 공력을 일으켜 그 자리에서 내리긋자 하늘이 찢어지는 것 같은 굉음과 함께 엄청난 강기가 발출되었다. 그것은 마치 커다란 초승달 하나가 날아가는 것 같았는데 그 크기가 사람의 키보다 더 클 정도로 무지막지했다.

과연 강기를 발출한다고 날아가 닿기나 할까, 의심스런 눈초리로 대처할 생각도 없이 그저 보고만 있던 충령과 무령 등 앞쪽의 일대제자들도 쏘아져 나온 강기의 크기에 경악을 했다.

쾅아아아아······!

단순히 날아만 가는 게 아니었다. 거기에 더 경악할 일은 쏘아져 가는 강기가 그 크기와 위력을 점점 부풀리며 커진다는 것이었다. 그 바람에 모여 있던 공동파 제자들이 혼비백산 피하기에 급급했는데 미처 피하지 못해 휩쓸리는 이들도 적지 않았다.

쾅쾅쾅쾅쾅쾅!

엄청난 거리를 날아가 폭렬하는 강기. 우뚝 섰던 명화전이 정확히 두 쪽으로 쪼개져 분화하듯 파편들을 날렸다.

그 누구도 경악의 비명조차 내지르지 못했다.

전각을 날려 버린 것만이 아니라 사람들 진영 전체를 둘로 갈라놓은 곽천기가 비릿한 웃음만 남기고 돌아서 첩혈사왕을 쫓아가는 동안에도 모두들 눈만 껌뻑였고, 철혈마군 전체가 하나씩 말머리를 돌려 산문을 향해 다 사라진 후에도 누구 하나 움직이지 못했다.

일월천, 첩혈사왕. 그리고 그들이 과시한 무력시위.

죽어 돌아온 제자들 복수를 하기 위해 하산하기는커녕 꼼짝없이 틀어박혀 당장 발등에 떨어진 불부터 걱정해야 될 처지에 놓여 버린 공동파였다.

"자, 장문 사형?"

무령이 어떻게 해야 되는 것인지 묻는 것이었지만 충령의 명한 시선은 첩혈사왕을 쫓아 철혈마군이 사라진 곳에서 거두어질 줄 몰랐다.

일월천 교주 첩혈사왕에 철혈마군이라니. 차라리 저승사자를 대면하는 게 낫다는 이름들인 탓이다.

*   *   *

어둠이 내린 극월세가.

뒤채 현관을 올려다보다 잠시 한숨을 몰아쉰 외수가 천천히 계단을 올라가 현관을 열었다.

정적만이 흐르고 있는 거실. 다들 방에 들어가 휴식들을 취하는지 빙설선과 빙설영 두 사람 외에 다른 빙녀들은 보이지 않았다.

두 여인은 외수가 들어서는데도 저지하지 않았다. 그저 힘을 잃은 눈길로 보고만 있을 뿐.

낮과는 완전히 다른 분위기.

외수는 천천히 걸음을 옮겨 그녀가 있는 방문을 밀고 들어가려다가 문 옆을 지키고 선 빙설선에게 말을 건넸다.

"다시 한 번 인사를 해야겠군."

"……."

"편가연을 구해준 뿐 아니라 송일비의 독까지 해독해 줬다고 들었어."

빙설선이 고개를 돌려 외면했다.

하지만 외수는 마저 인사를 이었다.

"고마워!"

"시끄러! 성물이나 찾기나 해!"

짜증스럽단 표정으로 눈을 흘기는 빙설선이었다.

외수는 짧게 쓴웃음을 남기고 바로 방문을 밀었다.

쏟아져 나오는 냉기.

외수는 잠시 발밑으로 흘러나오는 허연 냉기를 보고 있다가 안으로 들어가 문을 닫았다.

"기다렸던 건가?"

외수는 빙차에서 나와 창 쪽에 서 있는 항아를 확인하곤 편안히 다가섰다.

말이 없는 그녀. 돌아보지도 않았다.

"흠, 바닥을 딛고 서 있으니 사람 같네."

농담처럼 던진 말에 비로소 그녀가 돌아보았다.

"궁금한 게 있는데, 몇 살이지?"

"그게 왜 궁금하죠?"

"어찌된 건지 의아해서. 빙궁이 수십 년이나 성물을 행방을 추적했다면서. 혹시 얼굴은 동안인데 실제 나이는 오륙십 이런 건가?"

"열아홉이에요."

"응? 그럼 역시 그사이 빙궁의 성녀가 많이 바뀌었다는 뜻?"

다시 창밖을 응시하며 가만히 고개를 끄덕이는 항아. 무겁고 슬픈 그늘이 그대로 묻어났다.

"얼마나 남은 거야? 네가 살 수 있는 시간!"

"……"

항아의 눈이 살짝 찌푸려지는 듯했다. 언짢아서가 아니라 가슴이 아파서 그러는 것이라는 걸 외수는 알고 있었다.

"어떻게 알았죠?"

"네가 내 검과 비연의 비도를 확인하고 화내는 걸 보고 알았어. 그리고 신녀인 네가 여기까지 직접 왔다는 것도."

"명석하군요."

"다른 것도 알아. 여기 이 빙차!"

"맞아요. 그게 내 생명을 지금까지 연명해 주고 있어요."

이번엔 화가 난다는 듯 찌푸리는 인상이었다.

"언제까지 살 수 있는 거야. 얼마나 남았어?"

"길어야 일 년이에요. 빙정이 사라진 후 성녀로 지목된 아이들은 다 스물이 되기 전에 죽었어요. 나도 마찬가지로 스물이 되기 전에 죽을 것이고."

외수는 가슴이 뜨끔했다. 지금 그녀나 빙궁의 여인들이 엄청난 분노를 참고 있다는 걸 알 수 있었다. 빙정을 훔쳐내고 훼손한 신투 송야은과 사하공을 갈아 마셔도 시원찮을 감정들 아니겠는가. 단지 일말의 희망을 위해서, 마지막 흐릿한 끈이라도 잡기 위해서 폭발할 것 감정을 고통스럽게 인내하는 중인 것이다.

"미안해, 함부로 해서!"

"무슨 뜻이죠?"

"그냥, 아까 사납게 군 거."

외수는 멋쩍어 머리를 긁었다.

"대단하더군요, 무위가?"

"훗, 그런가? 네가 정상적이었다면 난 죽었겠지? 아마도 빙백신장인가 그것 맞았을 때 꽁꽁 얼어서. 아니면 얼음 화살 맞고. 흐훗!"

힐끔 쳐다보는 그녀는 애써 부정하지 않았다. 극월세가의 위기를 돕느라 내력을 소모하지만 않았더라도 궁외수는 죽음을 자초한 꼴이 되었을 것이었다.

"그런데 내 검과 비연의 비도가 전혀 도움이 안 되는 거야?"

끄덕.

"그 정도의 빙정 기운으론 흩어져 가는 내 빙극지기(氷極之氣)를 붙잡지 못해요."

"빙극지기?"

"성녀들만 갖고 있는 기운이에요. 그 기운을 타고난 아이들만 성녀로 지목될 수 있고, 빙정의 음한지기를 얻어 신녀가될 수 있는 거예요. 그러니까 북해 빙궁엔 사십여 년째 신녀가 없는 셈이에요."

"그랬군."

"이제 말해 봐요. 빙정을 온전히 찾아줄 건가요?"

외수가 빤히 쳐다보았다.

"왜 보기만 하는 거죠? 자신이 없나요? 당신이 우리에게 건조건이 그것 아니었던 가요?"

"……."

"일 년이란 시간 제약 땜에 어려워진 건가요?"

"아니, 찾아줄게. 반드시 일 년 안에!"

"어떻게요? 사라졌다면서요."

마주보고 다그치는 그녀의 눈망울에 살고 싶단 열망이 가슴이 저미도록 절절했다.

"찾아낼 거야. 무슨 수를 써서라도. 특별한 묘용을 지닌 물건이니까 드러나지 않을 수 없어!"

"······."

"날 믿어도 좋다고 말하고 싶군."

"믿을 수 있는 사람인가요?"

"응! 믿어도 돼! 믿어봐! 반드시 살려줄 테니까!"

"······."

"고마워요. 믿고 싶어요."

"어이 이봐, 그렇게 단순히 지푸라기 잡는 심정 말고 그냥 콱 믿어버리라고! 그래도 돼!"

"호호, 보여준 게 있어야······."

갑자기 입을 가리는 그녀. 자기가 웃음을 흘렸다는 게 놀라운 모양이었다.

"후후, 웃으니까 더 이쁘군. 생기도 있어 보이고. 자주 그렇게 웃어!"

"······?"

여전히 놀란 얼굴로 빤히 쳐다보는 그녀.

"왜?"

"아, 아니에요."

머뭇대며 시선을 피하는 그녀였다.

"뭔가 할 말 있는 거 같은데?"

"아니라니까요."

두 손을 가슴에 모아 쥔 그녀. 심장이 쿵쾅대고 있었다. 처음 있는 일이었다. 사내와 같이 있는 것도 처음이었지만 성녀로서 사내 때문에 웃었다는 것도 있을 수 없는 일이었다.

그녀는 얼른 안색을 추스르고 말을 돌렸다.

"아까 같이 왔던 그 여인인가요. 독을 당해 앞을 못 본다는 사람이?"

"응. 치료 가능할까? 빙궁의 빙과, 설련실 같은 것이라면 치료가 가능할 것이라던데, 그거 있어?"

끄덕.

"한데 독은 어떤 독이든 해독이 가능하지만 앞을 볼 수 있을지는 장담 못 해요. 시신경이 독에 의해 훼손되었을 수 있으니까."

"음, 시신경을 살리는 영약은 없어?"

"……."

"또 노려보는군. 미안!"

"그만 가세요. 빙차에서 오래 나와 있을 수 없어요. 내일 그녀와 다시 오세요."

"봐줄 거야?"

"내가 보는 게 아니에요. 난 의술에 대해선 전혀 몰라요."

무슨 뜻인지 알아들은 외수가 활짝 웃었다.

"알았어. 내일 다시 오지."

외수가 주저 없이 돌아섰다. 그런데 걸음도 채 옮기지 않은

상태에서 뭔가 할 말이 생겼다는 듯 멈칫 하더니 다시 돌아섰
다.

"어이!"

"......?"

"항아라고 불러도 돼?"

"뭐예요?"

"아, 뭐 마땅한 호칭이 없어서."

"부르지 마세요."

"알았어, 항아!"

도끼눈을 뜨는 그녀.

"청개구리 성격을 가졌군요. 하지 말라면 하고."

"그렇기도 한 것 같고. 흐흐, 다른 사람 있는 데선 안 부를
게."

"......"

*   *   *

"여기서 싸웠군."

구대통이 이곳저곳을 유심히 살펴보고 있었다.

"여기서 죽였고, 여기서 시체들을 강에 던졌어. 틀림없어!"

"그런 것 같군."

핏자국과 발자국 등을 확인한 무양도 동의했다.

둘러보던 명원이 슬픈 듯 인상을 찌푸린 채 물었다.

"오라버니, 여럿이 습격한 것 같진 않죠?"

"그래. 그런 흔적은 없어. 암왕이 만천화우까지 시전한 것 같은데 누군가 그걸 버텨낸 거야."

화난 기색이 여실한 구대통이 여기저기 박혀 눈에 잘 보이지도 않는 침들을 뽑아 하나씩 뽑아 확인하며 대답했다.

"누굴까요? 암왕과 그의 두 아들을 한꺼번에 죽일 수 있는 자가 과연 어떤 자일까요?"

들고 있던 침들을 패대기치는 구대통.

"말했잖아. 가능성을 가진 놈은 그놈뿐이라고."

"어떡하죠? 증거가 없는데?"

궁외수가 아닌 무적신갑을 가져간 자가 벌인 짓이라고는 전혀 생각지도 못하는 세 사람이었다. 특히 구대통은 거의 궁외수가 벌인 확신을 하고 있었다.

"증거 따위 뭐가 필요해? 암왕과 그 아들의 시체를 봤잖아! 그렇게 무참한 짓을 할 놈이 또 어딨어? 혐의를 둘 놈도 그놈뿐이고, 모든 정황이 그놈의 짓 외엔 설명이 안 돼!"

"그래서 어쩌자고요?"

"못 참아! 당장 이 세상에서 지워야겠어!"

"네? 그럼 극월세가는요?"

"시끄러!"

구대통이 확 돌아보고 성을 냈다.

"모든 것이 그놈을 중심으로 사건이 일어나고 있는 거 안 보여? 감숙에 나타난 것도 어쨌든 놈이 연관되어 있잖아! 그놈은 두말할 필요 없이 그냥 재앙이야. 애초에 앞뒤 따지지 말고 무조건 죽여야 될 놈이었어. 지금까지 참은 것도 많이 참은 거지! 따라와! 극월세가고 나발이고 오늘부로 놈을 끝장 내 버릴 거야!"

다짜고짜 신법을 펼쳐 날아오르는 구대통.

"우치 오라버니, 잠깐만요. 놈의 무력이……?"

명원이 붙잡으려 해보았지만 뒤도 돌아보지 않고 쏜살같이 날아가 버리는 구대통이었다.

어쩔 수 없이 명원과 무양도 뒤를 쫓아 신형을 띄웠다.

극월세가를 향해 전력을 다해 달려가는 구대통. 그가 부서져라 이를 갈아대며 흘리는 소리는 더 없이 끔찍했다.

"으드드득, 이놈! 네놈과 같이 죽는 한이 있어도 이번엔 기필코 살려두지 않겠다!"

『절대호위』 9권에 계속…

초대형 24시 만화방

신간 100%, 샤워실, 흡연실, 수면실(침대석), 커플석, 세탁기 완비

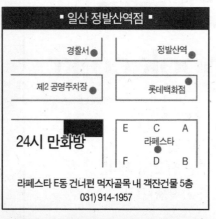
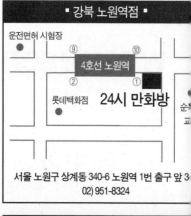
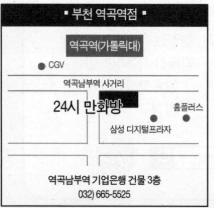
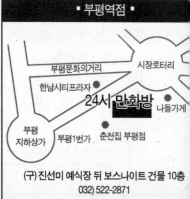

박선우 장편 소설
FUSION FANTASTIC STORY

PERFECT GAME 퍼펙트 게임

고통과 좌절의 시간들을 뛰어넘어
불사조처럼 일어나 세계를 제패한 사나이의 일대기.

대한민국을 넘어 메이저리그를 평정하며
명예의 전당에 헌정된 언터처블 투수, 이강찬.

강철 같은 어깨에서 뿜어져 나오는 그의 패스트볼은
무적이었으며 야구계에 길이 남을 **신화**였다.

야구만을 사랑했던 고독한 사나이.
그의 *퍼펙트게임*이 이제 시작된다!

Book Publishing CHUNGEORAM

유료미니갑자유소설
WWW.chungeoram.com

가프 장편 소설

관상왕의
1번룸

FUSION FANTASTIC STORY

거대한 도시의 그늘에서 벌어지는
짜릿하고 통쾌한 이야기!

『관상왕의 1번룸』

텐프로의 진상 처리 담당, 홍 부장.
절망적인 삶의 끝에서 만난 남국의 바다는
그를 새로운 인생으로 인도하는데……

쾌락을 원하는 거부, 성공에 목마른 사업가,
그리고 실패로 절망한 사람들이여.

여기, 관상왕의 1번룸으로 오라!

Book Publishing CHUNGEORAM

유행이 아닌 자유추구 -
WWW.chungeoram.com

현대 소환술사

THE MODERN SUMMONER

FUSION FANTASTIC STORY

현윤 퓨전 판타지 소설

하늘이 무너져도 솟아날 구멍은 있다!

드래곤의 실험으로 모진 고난을 겪어야 했던 레비로스!
우여곡절 끝에 소환술사가 되어 최강의 자리에 오르지만
운명은 그를 나락으로 떨어뜨린다.

『현대 소환술사』

다시 한 번 주어진 삶!
그러나 그마저도 암울하기 그지없는데······.

소환술사 레비로스의
인생 역전이 시작된다!

Book Publishing CHUNGEORAM

성운을 먹는 자

김재한 퓨전 판타지 소설

『폭염의 용제』, 『용마검전』의 김재한 작가가 펼쳐 내는
이제까지와는 전혀 다른 새로운 이야기!

『성운을 먹는 자』

하늘에서 별이 떨어진 날
성운(星運)의 기재(奇才)가 태어났다.

그와 같은 날,
아무런 재능도 갖지 못하고 태어난 형운.
별의 힘을 얻으려는 자들의 핍박 속에서 한 기인을 만나다!

"어떻게 하늘에게 선택받은 천재를 범재가 이길 수 있나요?"

"돈이다."

"…네?"

"우리는 돈으로 하늘의 재능을 능가할 것이다."

Book Publishing CHUNGEORAM

유행이 아닌 자유추구 -
WWW.chungeoram.com